开·卷·书·坊

待漏軒文存

吴奔星

上海辞书出版社

图书在版编目(CIP)数据

待漏轩文存/吴奔星著.—上海:上海辞书出版社,2014.8

(开卷书坊.第3辑)

ISBN 978-7-5326-4197-0

Ⅰ.①待… Ⅱ.①吴… Ⅲ.①散文集-中国-当代 Ⅳ.①I267

中国版本图书馆CIP数据核字(2014)第120496号

丛书策划 蔡玉洗 董宁文

责任编辑 杨 凯

助理编辑 辛 琪

技术编辑 顾 晴

待漏轩文存

吴奔星 著

上海世纪出版股份有限公司 上海辞书出版社 出版、发行

(上海市陕西北路457号 邮政编码 200040)

电话:021—62472088

www.ewen.cc www.cishu.com.cn

苏州望电印刷有限公司印刷

开本720毫米×1000毫米 1/32 印张11 插页8 字数140 000

2014年8月第1版 2014年8月第1次印刷

ISBN 978-7-5326-4197-0/I·233

定价:38.00元

待漏轩文存

目录

二〇〇二年

一九八〇年

不　遇

——忆诗人李白凤

司马长风在他的《中国新文学史·下卷》对诗人李白凤似颇怀念，说他“一九四九年后在大陆，一九五七年消失踪迹”。在谈到闻一多一九四四年所编《现代诗钞》时，说闻先生收录了许多新诗人的作品，首先提到的就是李白凤，说“李白凤的诗，清新脱俗，有何其芳的委婉，戴望舒的冷艳”。这个评价牵涉到三位诗人，用词抽象，是否正确，姑且不论。但他对李白凤的代表作《小楼》的评点，颇为简要。《小楼》一诗已收入我主编的《中国新诗鉴赏大辞典》，共两段八行：

山寺的长檐有好的磬声
江南的小楼多是临水的

水面的浮萍被晚风拂去
蓝天从水底跃出

小笛如一阵轻风
家家临水的楼窗开了
妻在点染着晚妆
眉间尽是春色

司马长风认为这首诗“虽有浓厚的散文气息，但诗意浓得化不开”。当我们读到“蓝天从水底跃出”、“眉间尽是春色”时，就不能不同意他的评论是中肯的。《小楼》的确是一首好诗，但写得这么好的诗人是怎么失踪的呢？我不禁回忆起和他的交往来。

白风同我发生文字姻缘，是在一九三六年的下半年。那时我在北平主编《小雅》诗刊，有一天忽然接到从遥远的湘西——大概是芷江吧——来的一封信，附了几首诗，并且夹着一片冬青的叶子，上面有四个字“愿结永好”，是用毛笔写的，字迹清秀，莫辨性别。我一口气把诗读完，觉得诗意充沛，立即发表了他的《不遇》。诗的第一节是这样的：

小巷的月色是聪明的，
但我扣第一声门时，
她告诉我：
友人出去了。

（《小雅》一九三六年十二月第四期）

这是白凤最早的诗，当然是谈不到什么政治性的。不过，说来遗憾，诗的题目却暗示着白凤一生的命运："不遇"。

我和白凤见面是在抗战初期的广西。那时，不少"文化人"都把广西作为暂时的"归宿"或"过渡"，以便另向他处流亡。我也是一个所谓"毕业即失业"的大学生，在抗战的激流推动下，流亡到了大后方的桂林，在一所研究所里工作，并在学校兼课。广西文化一向落后，抗战一开始，不少学者、作家"云集"广西，物质待遇虽然不高，而广大的文化人因为把自己的工作和抗日救亡联系起来，都干得很起劲。因此，在很短的时间里，广西，特别是桂林，政治民主气氛轻松，文化生活活跃，成为大后方的文化中心之一。不知白凤从何得知我在桂林，又忽然得到他的信，表示要来广西。我告诉他，只要不想发国难财，你就来吧，饭总有得吃。于是，白凤自湖南来到了广西。但是，两人并未见面，因为他由广西教育厅直接分发到南宁去了，而我则在桂林。大概过了一年吧，才见他拖儿带女来到桂林，情况狼狈，生活艰苦。但，白凤为人豪迈，相当乐观，往往以苦为乐，或者苦中作乐，大约是古人所谓“知足常乐”吧。相处一段时期后，我发现他感情易于激动，甚至冲动，是很容易得罪人，很容易招惹是非的。那时，朋友相处，高谈阔论，发发牢骚，是常有的事。因为“同是天涯沦落人”，彼此相信得过。

我是一九四三年夏天应贵阳一所大学之聘而离开桂林的。不久，桂林沦陷，贵阳动摇，我又去了更远的大后方。白凤全家可能经历过一番颠沛流离之苦，但因失去联系，鱼沉雁杳。

我一九四九年到北京工作，也许是因为偶尔在报刊上写点东西吧，被白凤打听出我的工作地点。大概是一九五一年冬天的一个上午，他穿着厚皮大衣，坐在会客室里，我真是惊喜交加。原来他是从哈尔滨来，调到北京一所学校教语文。他告诉我：陈迩冬在旧书摊上见到一本《小雅》诗刊的合订本。我闻而色喜，但也吃了一惊。记得在一九三七年卢沟桥事变后，我离开北平，经天津南下，行色匆遽，曾将中外书籍、杂志两网篮，留存在一个会馆的“长班”(旧社会北京人称“传达”为“长班”)处。八年离乱之后，我重返北京。“长班”告诉我：北平沦陷不久，怕“皇军”清查，所有书刊，均付之一炬。我也只得长叹一声，算是了结了一件心事。现在忽闻旧书摊上发现我的藏书，惊讶之余，证明“长班”之言全属虚谎，人心如此，自然也不必追究了。我向白凤表示，敝帚自珍，希望看一看。过了个把月，是一九五二年的春节前后吧，白凤居然把《小雅》合订本拿来了，说是迩冬送我的。打开一看，果有陈迩冬的“附识”：

> 一九五二年二月，于隆福寺旧书肆上见此，偶告白凤，吴奔星兄闻而色喜，盖其怀故剑之情，有所不能已者，因市归以投之。

迩冬也是朋友，购赠给我，借以证明我的藏书尚在人间，楚弓楚得，也足以自慰。白凤还在封里篆书“小雅”二字，并题旧诗一首：

故书存小雅，吾辈皆老苍。
清名重翰苑，嘉誉荐词场。
奔星觅旧剑，石挥辨诗香。
迩冬与白凤，心事独微茫。

迩冬与白凤的“附识”与“题诗”，分别写于一九五二年二月十八日和十九日。至于石挥，我虽不认识，也知道他是著名影星。石挥的题词是：“石挥来北京的当儿，独自去观他的《秋海棠》，候着的时间，从商场上买到这合订本。诗，我默默地爱了她。诗——她给我一缕安慰的光，在这秋风吹黄的时候。”白凤所谓“石挥辨诗香”，便是指此。

在这次聚首之后，白凤应邀去太原山西师范学院教书，不久又调到河南开封师范学院，主讲苏联文学。我自己则在一九五二年春，从北京“借调”江苏。从无锡而苏州而南京而徐州，虽是光阴似箭，又是度日如年，挨过了二十多年，这二十多年，同白凤很少通信。在“左”倾思潮的泛滥和极左路线的为害之下，多少人都沉默了，我们又何能例外！“渭北春天树，江东日暮云”，只能云天相望，心照不宣。

一九七六年十月粉碎“四人帮”之后，我才想起白凤曾向南京的孙望和我多次表示，想到江苏来工作。我没有回他的信，因为既然无法满足他的愿望，回信也徒然使他失望，他打听工作的有无，比祥林嫂打听灵魂的有无还难于回答。《祝福》中的“我”还可含糊其辞，我们则不然，“臭老九”加老右派，何敢妄谈“人事”！我个人并不足惜，怕连累白凤。他已经是“双帽”压顶，又同我发生联系，有朝一日，信落人手，上纲上线，岂非一“派”之貉，不是更增添他的处境的艰难么？

一九七八年四月，我去开封开会，乘会议间隙，“斗胆”看望了白凤。他正在病中。彼此相见，恍如隔世。忆往昔，风华正茂；叹此日，风烛飘零！

白凤说：你再不来看我，就要给我做祭文了。他告诉我：一九七七年“五一”，曾去郑州，与诗人苏金伞抱头痛哭。当然，他们并非为个人的身世遭遇而痛哭，而是为极左路线对“人”的虐杀、对人才的摧残而痛哭。我发现白凤对古文字的研究，对书法与治印，都大有可观。他说，病好后，将去郑州大学教学，可望施展所长。我很替他高兴。但是，谁也没有料到，当我九月从北京回来，得到白凤妻子刘朱樱来信说，白凤在和我见面的两个半月后，终因身心遭受过分摧残，竟一病不起！我手捧讣闻，呆若木鸡，真不知泪之何从，连信笺也多处被滴得潮湿模糊了，口占悼诗一首：

白也诗无敌，凤兮命可哀。
丹心照明月，浩气没尘埃。
几度惊风雨，一生付劫灰。
双眉从未展，能不赋归来？

作为诗人，白凤有诗集叫《凤之歌》，那么，这首诗就算是“祭文”吧！

白凤是诗人，他那易于激动与冲动的气质对现实反应敏锐，很适合于写点抒情诗。很可惜，正当政治环境日益好转，被迫害的老友可以促膝谈心、各抒怀抱的时候，他竟离开了人间，离开了他的亲人和许多同病相怜的朋友。他是带着多么巨大的悲痛和多么深切的遗憾而离开人间的呀！岂是任何衡器所能衡量的吗！悲夫！

（原载《奔流》月刊一九八〇年第八期）

一九八三年

《小雅》诗刊漫忆

一、《小雅》诗刊创刊的时代背景

北平《小雅》诗刊创刊于一九三六年六月，正是强寇压境、国难当头的时候。知识青年大多爱好文艺，是左翼文学的基本读者，从中涌现不少小说家、剧作家、诗人。

从诗歌方面看，三十年代的诗刊如雨后春笋，数量之多是空前的。一九三三年至一九三四年出版的有《新诗歌》（中国诗歌会编）、《诗篇》（朱维基编）、《诗帆》（土星笔会编）；一九三五年至一九三六年出版的有《当代诗刊》（锡金、厂民等编）、《现代诗风》（戴望舒编）、《诗林》（叶悬之等编）、《新诗》（梁宗岱、孙大雨、卞之琳、冯至、戴望舒等编)、《菜花》(路易士、韩北屏编)、《诗志》(路易士、韩北屏编)、《小雅》(吴奔星、李章伯编)、《诗座》(甘运衡等编)、《红豆》(香港梁之盘等编),其中由国民党官办的一个也没有。当然,由共产党公开出面办的诗刊也没有。不过,"左联"主办的刊物却是发表了大量诗歌的。民办的许多诗刊,介乎国共两党之间。除极个别外,大都可以从诗的内容观察人心的向背。当时的许多诗刊,乍一看,进步性是不鲜明的,但具体分析一下,所有失望的情绪,低沉的格调,灰暗的色彩,含蓄的嘲讽……无一不是对当时的生产关系和现实生活的曲折反映。今天的青年读者,由于距离当时太远,往往用今天的眼光和政治标准去看三十年代的诗歌,觉得意义不大,可读的不多。但是假如能够耐心地读下去,是可以体会到那个绝望的时代,广大知识青年是多么苦闷啊,从而也体会到今天的时代和生活,正是当年的时代与生活的一个历史性的伟大转折,是来之不易,弥足珍贵的。

《小雅》是一九三六年创办的众多诗刊之一。

以北平为中心的华北，从来没有诗刊，《小雅》填补了那个空白，团结了一批诗人共同抒发对于那个可诅咒的时代的苦闷的心情。

二、《小雅》创刊前新诗发展的趋势

朱自清先生曾经在《中国新文学大系·诗集导言》中总结新文学运动第一个十年新诗的三大流派：自由诗派、格律诗派和象征诗派。前两派就体裁形式立论，后一派就表现技巧立论。有人认为朱先生对流派的划分没有统一的标准，不合逻辑。其实不然！朱先生是因为看准了当时的新诗，的确存在着这样三种不同的突出风格，反映了刚从西方引进不久的现实主义、唯美主义和象征主义三种文艺思潮。朱先生虽自谦是“巧立名目”，其实是实事求是，从实际出发，恰到好处地反映了新诗发展的历史面目的。

新文学运动进入第二个十年（一九二七—一九三七）之后，第一个十年的三大诗歌流派，开始有了变化和发展。自由诗派由于蒋光慈、殷夫、蒲风和中国诗歌会其他诗人的继承与发展，革命倾向较为鲜明，形成“普罗诗派”，即无产阶级革命诗派。到一九三五年以后，由于诗刊接二连三地出现，自由诗派继普罗诗派之后，又有了新的发展。不少诗人因强调散文美，所写的诗连韵脚和标点都不要了。这是当时新诗发展中引人注目的倾向。

至于格律诗派主要指新月诗派。他们在唯美主义的影响下，倡导诗的音乐美、绘画美和建筑美。曾经在新诗韵创作上做过一些探索，在理论上和实践上都不无贡献。只是由于三十年代初期，这一派的两位主要成员——徐志摩不幸坠机身死，闻一多转入学术研究，一些后起之秀，把闻一多先生提的“建筑美”恶性发展，使诗的格律僵化为“豆腐干”，重形式，轻内容，远离当时人民大众的生活与斗争，颇为世人所诟病，失去读者，渐趋没落。个别成员后来继续在《新诗》等刊物上发表作品，但不再坚持严格的格律，逐步与自由诗派合流了。象征诗派的代表人物，以李金髪出现较早，戴望舒继之。他们都是留法学生，受法国象征派诗人的影响，在二十年代中期引进并写作象征派诗。他们对于五四运动后出现的白话诗所犯的肤浅、空洞、“明白如话”、诗意不多的毛病有所矫正，对诗的意境和技巧有所探索和追求，在新诗发展史上曾作出一定的贡献，是值得记取的。但是，他们的诗意境晦涩、朦胧，神秘莫测，加以夹用文言语法和外国词汇，破坏汉语的传统规律，为广大群众所不理解。

进入三十年代后，《现代》文学月刊创刊，戴望舒发表了大量的抒情诗，虽比李金髮的诗好懂一点，但象征手法仍然用得很多，被人们称为“现代派”，是象征派在三十年代的新发展。从一九三三年五月三十日日本军国主义势力压迫国民党政府签订塘沽协定后，华北局势日见危险；到一九三五年十二月，日寇进一步要求华北特殊化，引发“一二·九”青年救国运动。在新的形势下，涌现一批诗刊。由于国难当头，凡有进步倾向的报刊，无不发表鼓舞爱国热情的新诗。有的呐喊呼号，有的悲歌慷慨，有的感叹嘘唏。象征诗派因为太不适应抗日救亡的形势，除了李金髮还偶尔写一点不易看懂的诗歌外，戴望舒等人的诗风开始转变，增加了可接受性，减少了朦胧、神秘的成分。但是，由于某些诗人不重视诗的外在格律，强调诗的散文化，以致有的诗近乎分行的散文，抛弃了诗的基本形式。现代派诗的这一转变，比自由诗派更为自由了。在当时，格律诗和象征诗都已不得人心，流传诗坛的实际上只有自由诗了。只是写自由诗的诗人并非都是自由诗派。他们有的比较侧重格律，如过去中国诗歌会以及在《文学》月刊上发表新诗的诗人；有的讲究意境，忽视形式，如那些在《现代》杂志上写过诗以及后来在《新诗》上发表诗的诗人。前者激昂慷慨，未能完全克服标语、口号的倾向，有的诗人甚至公开声明要做标语人、口号人。后者则忽视形式，强调内在的诗意。这是三十年代中期自由诗的两种倾向。

《小雅》诗刊创刊前就面临新诗发展的这样一种形势。鲁迅当年对于自由诗的两种倾向都不赞成。对于前者，他曾经说："其实，口号是口号，诗是诗，如果用进去还是好诗，用亦可；倘是坏诗，即和用不用都无关。譬如文学与宣传，原不过说：凡有文学，都是宣传，因为其中总不免传布着什么，但后来却有人解为文学必须故意做成宣传文字的样子了。诗必用口号，其误正等。”（《鲁迅书信集·致蔡斐君》，一九三五年）对于后者，鲁迅指出：“诗须有形式，要易记，易懂，易唱，动听，但格式不要太严。要有韵，但不必依旧诗韵，只要顺口就好。”（出处同上）

蔡斐君即蔡健同志，现任教湖南师范学院中文系。他在一九八〇年五月十八日下午对我的研究生说：“鲁迅批评的两种倾向，从三十年代开始一直到一九三五年都是存在的。”《小雅》创刊前，我和一些写诗的朋友，对于过分标语化和过分散文化的新诗都不大欣赏，但在抗日救亡的形势下，又希望把各个流派兼容并蓄。当时还不懂得“百花齐放”的意义，但在一二·九运动之后，已明确文艺界要团结御侮，希望办一个诗刊，团结广大诗人，既不排斥散文化，也不排斥格律化。至于过分标语化的东西在国防前线的北平是难于存在的，只好暂时回避。但是，当时倡议《小雅》诗刊的我们都是些穷大学生，手头无钱，怎样才能使美好的设想不致成为空想，是要我们用实际行动来回答的。

三、《小雅》诗刊的创刊经过

钱从哪里来呢？

我的朋友李章伯是学西洋文学的，英语挺好。为了搞几个钱，有人介绍他去当私人家庭教师。正好有几位女青年，从四川不远万里来到北平，准备在一九三六年的暑假报考大学，但她们的外语太差，需要补习。那几位女青年，出身四川的“绅粮”（地主），都是有钱的阔小姐。章伯是北平师大英文系的学生，作风朴实，从一九三六年二月寒假开始，当她们的家庭教师。介绍人同他讲条件、谈报酬。他说：等小姐们考上大学再说，如果考不上大学，分文不取。说也奇怪，有缘千里来相见，其中的一个小姐，竟然爱上了穷老师李章伯。她喜欢读我和章伯写的诗，听说我们要办诗刊，问我们每一期的印刷费最低限度需要多少。我们说，每一期印一千份，估计纸张与印刷费，大约要三十个左右的袁大头。那位小姐引而不发，沉吟了一下，终于微微一笑，说：我从四川到北平的往返路费就可以办两期的了。今年暑假要考大学，我不回家去，就把路费给你们办诗刊吧。

当时的北平地处国防前线，殷汝耕的冀东防共自治政府已经开张，宋哲元的华北政务委员会也已成立，华北实际为日寇侵略势力所控制，不像在上海办刊物，有租界作掩护，一旦出问题，尚有回旋之地。在北平办刊物，首先要通过宪兵司令部，取得同意（当时叫批准）；其次要报请国民政府内政部登记。这两条，我们这班未出茅庐的穷学生，都无法办到。但作为诗人，似有一种天生的浪漫主义想象，帮了我们的忙。我们决定向上海一些刊物学习，在封底先印上“本刊已在呈请登记”，表示我们遵法守纪，让宪兵司令部没有话说。

接着来的是社址问题，即编辑部设在何处。没有社址只写某某大学的宿舍是行不通的，也是不够光彩的，不仅北平宪兵司令部通不过，连对外征求订户，也不易取信于读者。后来灵机一动，想到我们是湖南人，湖南有许多会馆在北平。当时各省的穷职员与穷学生，一到北平，多半住比较便宜的会馆。那时在北平宣武门外烂缦胡同，有湖南会馆的总馆，几位老学长住在那里。通过一番商谈，就确定《小雅》诗刊的编辑部设在那里。

经费、登记和社址等问题既然都相继解决，接着我们就拟了一份征稿启事。我们出不起广告费，只有投寄《京报》副刊。副刊的主编虽不相识，却知道我当时在全国的报刊发表作品，因此，启事寄出不久，就登出来了。由于年代久远，解放后我一直回忆不出登载那份启事的具体月日。今年一月八日，我的一位研究生到北京查阅资料，居然在北师大图书馆找出当年的《京报》，查出那份征稿启事登在一九三六年五月十四日《京报》第八版上，距今已四十六年，已成为新文学的史料，特抄录于下：

《小雅》诗刊征稿启事

一、许多人说：新文学运动已二十年，权衡成绩，以小说为最大，小品文次之，戏剧又次之；至于诗尚徘徊歧路，无足称述者。乍一看来，这种论调，也许是有些理由的。不过我们认为说这种话的人，眼睛也许只睁开一只，或者是没有完全睁开的。因为尽管说诗没有成绩，而诗的成绩自是事实——自启蒙到现在，无论从量的或质的方面看，较之其他文学各部门，并不逊色，尤其是写作的技巧方面，近数年来，更有惊人的长进，几驾其他部门而上之。所以我们创办这个刊物，并非怜悯诗园的荒芜，而是看了它的蓬勃活跃，感到莫大的欣慰，打算再尽一点力量，供给些新养料，使其更加蓬勃，更加活跃。

二、诗是一种崇高的艺术。从事这种艺术的人，应有坚决的信仰，把它看成自己的事业，万不可当它作业余消遣，"小玩艺儿"看待！这是每个诗人应有的态度。若是，只借此沽名钓誉，逞一时"锋头热"的，不是我们的朋友。

三、我们知道现在有许多常常写诗发表的人，也有许多常常写诗而苦无机会发表的人。所以我们立下一个愿望：就是诚恳地欢迎他们将作品寄来，并且热诚地实际参与这个团体，共谋诗运的推进。

四、我们知道现在诗坛上的派别不少，常常互相攻讦。这是一个悲观现象，等于“兄弟阋墙”。我们的编辑方针，对于任何一派的作品，都一律看待，予以发表的机会，以便看看他日之域中，竟是谁家之天下！

五、这个刊物，一切的手续都已妥妥帖帖了。创刊号定于六月一日出版，希望同情我们的朋友，于五月二十五日以前把自己心血所凝成的作品尽量掷下，我们是非常感盼的。

六、惠稿请寄：北京宣外烂缦胡同四十一号小雅诗社编辑部收。

当时的北平没有专门的诗刊，征稿启事发表后，很快得到北平、上海、天津、武汉、广州、香港等地的诗刊与诗人们的协助和支持。他们认为在沉闷的北平上空听到了一声春雷。

四、《小雅》诗刊及其作者

《小雅》诗刊于一九三六年六月一日如期创刊，

我们虽说过“现代诗坛上的派别不少，……对于任何一派的作品，都一律看待”，但并没有完全做到。第一，《小雅》没有登载过长篇的叙事诗和抒情诗，我们强调诗意含蓄、篇幅短小，觉得当时某些长诗往往凑字凑句，凑合篇章，诗意不多，近似分行的散文。第二，《小雅》没有登过旧体诗词。当时曾收到不少旧体诗词，有的还是名家，但因碍于体例，一律割爱。今天回忆起来，我应对吴雨僧（宓）先生表示歉意。吴宓，众所周知，是学衡派的主将之一。三十年代中期他在北平师大讲授十九世纪英国诗选，我听过他的课，他是我的老师，但他并不认识我。当《小雅》诗刊征稿启事见报后，他热情地寄来了由中华书局刚刚出版的《吴宓诗集》，并且附寄凡十首七言律绝，都是抒情诗，是抒写他个人的爱情生活的。但因体裁与内容很不适合《小雅》诗刊的需要，只好割爱，原稿因系油印，没有退还给他。七七事变后，我仓皇离开北平，原稿全部散失了。稍可告慰者，在《小雅》诗刊第三期曾为他的《吴宓诗集》登了一次义务广告。第三，《小雅》不登“胡适之体”的白话诗。胡适也是我的老师，在大学三、四年级时，他为我们讲学，题目是《中国禅宗的起来》，讲了四次，我为他作记录。在大学一年级的时候，他曾写信给我，说我的文字累赘，到了高年级时，他又说我笔下快，能够把他的语气和风格都记录下来，我的记录，他只要改动几个字便可付印发表。我佩服他对我国古代小说的考证，把小说提到文学正宗的地位；我也佩服他学贯中西，博古通今，博闻强记；我还佩服他讲学时谈笑风生，娓娓动听，但对于他的白话诗和关于白话诗的主张，却不敢恭维。当时陈子展先生曾经主张新诗应以“胡适之体”为标准，我曾发表文章同他商榷。《小雅》创刊后，在第二期的《一得斋诗话》栏，曾经摘录了水天同先生的《胡梁诗论》里的一段话，对胡适与梁实秋两先生的诗与诗论表示异议。这一段史实对三十年代新诗的发展也有了史料价值，特抄录如下：

> 两位先生（编者按：指胡适之和梁实秋）的共同缺点是没弄明白——他们似乎从未想过——什么是诗，并且什么是诗的语言，所以

到了这个年头还想把诗和白话运动并为一谈。梁先生居然还在“白话诗”这个不值得一顾的术语上大做文章。(编者按:梁先生的文章是这样做的,“白话”的“白”,其一意义即是“明白”之“白”。所以“白话诗”可以释为“明白清楚的诗”。)不知白话之“话”与诗的语言是大有分别的,而且就是白话本身也不止一种。胡先生的白话不与梁先生的尽同,梁先生的白话不与X、Y、Z的相同。话犹如此,何况诗的语言了!?

因此,我约请胡适之先生写的几首白话诗,因为太“明白如话”,既没有发表,也没有退稿,后来也在逃难中散佚了。关于《小雅》诗刊不登“胡适之体”的白话诗,似乎也用得着“吾爱吾师,吾尤爱真理!”这句话。

《小雅》诗刊创刊后,除了不登上述三种稿子外,其他的诗稿,不论知与不知,识与不识,也不论什么社团、什么流派,都一视同仁,只要富有诗意,篇幅短小,都优先发表。我主编《小雅》诗刊一年,发表了下列作者的作品(随手抄来,排列先后毫无意义）：李长之、侯汝华、许久、甘运衡、路易士、锡金、林丁、蒋有林、郑康伯、芦荻、李金发、柳无忌、吴士星、紫杨、邓梅诗、牛乃同、宫草、月华、施蛰存、陈雨门、罗圣炎、李心若、林俊超、鄞冰、戴望舒、山茶、林英强、宋衡心、衷若霞、叶悬之、王复周、云生、吴兴华、张天授、沈绿蒂、晓荷、明羽、林莽、史卫斯、陈残云、思曼、敏子、李佛波、林庚、黑尼、李白凤、沈洛、沈圣时、路曼士、韩北屏、常自、罗念生。一共五十多人，形成《小雅》诗刊的阵容。当时大都是二十多岁和三十出头的青年，也有中年的诗人和学者。在今天看来，其中名家不少，有二十年代的象征派诗人，如李金发、戴望舒；有在《现代》杂志上发诗的诗人如施蛰存、路易士、侯汝华；有在天津《人生与文学》杂志上写诗的柳无忌、罗念生等外国文学学者；有从三十年代开始活跃诗坛的诗人、学者、教授，如林庚、陈残云、锡金、芦荻、李长之、李白凤、吴兴华、陈雨门、韩北屏、吴士星等，还有许多则不知去向。抚今追昔，他们有的和我还有书信来往，有的却已死去了，有的失去了联系，有的本来就没见过面。但我对于他们同样表示感谢、怀念与痛悼。正是由于上述诗人的支持,《小雅》诗刊才得以逐步发行到全国各大城市,我们以欣慰的心情,在第三期的“社中人语”栏写道:

时间过得很快,看看本刊就有半年的历史了。

我们很感谢作者的帮忙与读者的鼓励。

我国诗坛,在过去数年,不,就在今年以前,简直荒凉得了不得。书局老板不愿出诗集或诗刊,刊物编辑也不愿登载诗作——就是登也不过用以补白,作为小说戏剧的附庸。……不过,到了今年,一班从事诗艺的朋友,……不逢迎书店老板的色相,大家携起手来,努力于诗园之开拓,以致百花争放,与往年大异。在南方,有《新诗》月刊出现于上海,《菜花》诗刊崛起于苏州,此外,福州、青岛等地都有诗刊之编印。在北方,虽然落寞一点,而同人等主办之《小雅》诗刊,因得各方力助,幸能发荣滋长。而于华北各省诗友,尤作密切之联系,与往年

> 之散漫，大相径庭。由此我们可以说，一九三六年是中国自有新文学运动以来诗的“狂飙期”，而写诗的技巧，也以今年为“成熟期”。惟吾人怵然于来日方长，诗之根基，容有未固，“百尺竿头，更进一步”，愿与诸同好共图之。

这些话只能代表我们对当时诗坛的看法，未必所有诗人都表同意。

五、《小雅》诗刊的命运

我热爱资料，但由于许多客观原因却未能很好地保存资料。在解放前，东飘西荡，生活极不安定，随身携带的书物，因为逃难、流亡、因被解聘而失业等种种原因，每换一个地方，总要扔掉一些，尽量做到“出门老，行李少”。加以还有一个传统信念作祟，“留得青山在，不怕没柴烧”，以为只要保住了性命，资料之类的身外之物是不难得到的。解放后，生活安定了，一个地方往往呆上几年、十几年甚至几十年。但是，由于“左”倾思潮一时的泛滥，凡是呆得越久的地方，往往是遭受挫折最多的地方。有时身家性命尚受威胁，对资料之类的身外之物，就失去了“弥足珍惜”的心情。加以我生性比较乐观，很少为个人的潦倒而痛哭流涕，虽无凡事“向前看”的高度觉悟，但也往往暗忖：世事未必就是如此吧。从一九五七年反右派斗争扩大化直到一九七八年平反冤假错案，我的想法都是如此。有的朋友问我这二十多年是怎样活过来的。说穿了，只是乐观。遇事痛苦一阵子，就让它过去，别让它像毒蛇一样缠得自己喘不过气来。要争取活下去。有的朋友说我具有马克思主义的预见性，预见到今天的开明盛世。这实在有点过奖，其实，我何敢当此？不过，从天地开辟之后，世界总是越来越文明，越来越进步，这倒是规律。真正掌握了马克思主义的科学预见的，决非区区，而是新的党中央领导同志。我们应该感谢党，给我们创造了这么美好的“新时”，能够正襟危坐地来回忆过去，回忆微不足道的《小雅》诗刊的命运。

我是七七事变后十来天狼狈离开北平的。所谓“狼狈”，是因为《小雅》第五、六期合刊打算发表两篇论述国防诗歌和民族文艺的文章。刚上印刷机，就因言论偏激，有碍邦交，为北平“新闻检查所”与宪兵司令部勒令抽出。《小雅》第五、六期原定出版期是三月十日，延至六月才问世。本来一九三七年六月一日是《小雅》创刊一周年，拟出特大纪念号，也因上述原因，承印《小雅》的南池子一家小型印刷厂也遭了池鱼之殃，被无期封闭。我的两部诗稿，《暮霭》只印了五百部，刚装订好一部分；《春焰》印一千部，还没有装订，都整个报废。我抢出几十本《暮霭》，《春焰》来不及装订，拟改《淘金集》另外出版，因北平宪兵司令部搜查了《小雅》诗刊编辑部，我只得只身狼狈离开北平，把《小雅》诗刊第一年的合订本都寄放在湖南会馆的“长班”（即门房）处。一九四九年新中国成立前夕，我进入北京，老长班还在，他只把我一九三七年七月离开北平前夕的当票交给了我，至于寄存的《小雅》以及未装订的诗集，据说在日本兵进城前，害怕搜查，一起烧光了。不过，后来事实证明，《小雅》诗刊的命运并不如长班所说遭了“回禄”之灾。

那是一九五二年的二月，正是春节期间，诗人李白凤和陈迩冬到我的办公室来看我。老友多年不见，倍感亲切，三句不离本行，念念不忘的是诗。他们特别提到《小雅》，说在春节的书肆上发现《小雅》诗刊合订本，我不禁吃了一惊。《小雅》诗刊不是烧掉了吗？他们见我有不太相信的表情，迩冬就说，他已买到一本，我不禁欣然色喜。过了两天，他们就把那本《小雅》诗刊合订本给我了，首先映入眼帘的是著名电影明星石挥的题词：

> 石挥来北京的当儿，独自去观他的《秋海棠》，候着的时间，从商场上买到这合订本。诗，我默默地爱了她。诗——她给我一缕安慰的光，在这秋风吹黄的时候。
>
> 一九四三，九，廿九日。

石挥的题词及所署年月日，充分证明湖南会馆的那位长班说了假话，是他把我寄存的藏书包括《小雅》诗刊在内，都给“打估”（卖掉）了。但既然得到了一本，就如获至宝，多少弥补了听到烧毁后的遗憾的心情。石挥读诗十分仔细，对于他所喜欢的诗篇、

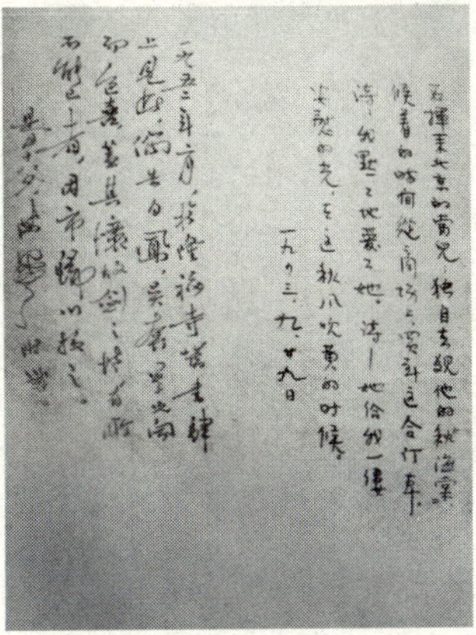

《小雅》诗刊合订本上演员石挥一九四三年九月二十九日的题记及诗人陈迩冬一九五二年二月的附识

诗节和诗句都加了浓圈密点。这位名噪当年的明星，竟在《小雅》诗刊上留下了手迹，我觉得十分珍贵。当然，更加令人珍惜的是迩冬的题词和白凤的题诗。迩冬的题词是：

一九五二年二月，于隆福寺旧书肆上见此，偶告白凤，吴奔星兄闻而色喜，盖其怀故剑之情，有所不能已者，因市归以报之。

是月十八夕，陈迩冬附识。

白凤的题诗是：

故书存小雅，吾辈皆老苍。
清名垂翰苑，嘉誉荐词场。
奔星觅旧剑，石挥辨诗香。
迩冬与白凤，心事独微茫。

一九五二年二月十九日李白凤

现在，白凤与石挥都已谢世，面对手迹，不禁怆然！

（原载《新文学史料》一九八三年第一期）

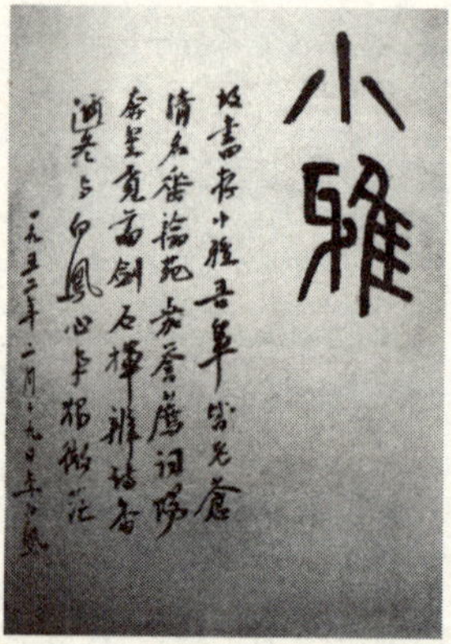

一九五二年二月十九日李白凤在《小雅》诗刊
合订本上的题词

一九八四年

春风化雨　桃李芬芳

——劭西先生琐记

帮我上大学

劭西先生是我上大学时的老师，但在上大学之前便已和他认识，大学毕业之后，仍和他保持联系。我向他学习、请教，书信往返达四十五年。我认识他时，他四十四岁，我则刚刚弱冠。劭西师姓黎名锦熙，当时是北平师大的文学院院长，钱玄同师是北平师大文学院国文系主任，他们同为海内知名的语言音韵学大师。我当时报考北平师大就是慕他们大名而去的。

大学考上了，学费虽然免收，但却要在入学前交杂费二十元大洋。那时我每月的伙食费只大洋二元，一次要交二十元，等于一次要交十个月的伙食费，这真叫我这样的穷困学生为难啊！但我又想“天无绝人之路”、“路是人闯出来的”，岂能让几十块钱成为我学习上的拦路虎。当时，北平的私立中学很多，不少人一考上北平的名牌大学，就可以大学生身份到中学兼课。我也只好这样考虑，万一上不了学，就扛着北平师大这块招牌到中学教书去，但又自惭形秽：一是年纪太小，不像个老

一九六四年夏吴奔星与黎锦熙在北京合影

师；二是衣履破旧，仪容不整，没有老师的派头。正在彷徨无计之时，我的大哥在我跟前出现了，他说，他找过劭西先生，提出因经济困难，要求为我申请保留学籍，哪知劭西先生从容地说："二十元由我出面担保，先报到罢。"我是在报到截止前的两天才办完入学手续的。倘若没有劭西先生的帮助，人海茫茫，谁能料到我会落到什么样的地步啊！

登门造访

劭西先生的家，在北平西城根的烟筒胡同四号，是"五四"前夕先生从湖南到北京工作不久后购置的。房子是北京一般居民的四合院，质量不怎么样，但占地宽广，环境僻静，适合读书人住。先生嫌胡同名字欠雅，改称淹通胡同，发音相近，但并未通行，居民仍写烟筒胡同。我是随着时间的推移逐渐成为他家的"常客"的，但我去拜访，多在星期天或寒暑假。第一次是大哥领我去的，当面感谢劭西师帮我上了大学。那次拉响门铃后，就听到从南屋传来洪亮的谈话声。南屋是客房，布置简朴，只有几把中式木椅，一张三人坐的旧沙发，靠窗是一架钢琴。我们进去后，黎先生连忙向旁边那位高谈阔论的先生说："这就是我说过的那位文言文写得还可以的学生。"然后指着那位先生说："这是钱玄同先生，见过了么?"我不禁肃然起敬。因一年级尚无系主任的课，只闻其名。钱先生个儿不高，眼睛近视，身体微胖，鼻脸发红，后来才知道他四十岁后便患了高血压病，尽管如此，仍然目光炯炯有神，嗓音洪亮。在两位学者面前，我感到特别拘谨，手足无措，但听了两位大师的阵阵笑谑，也就跟着微笑，慢慢地轻松自如了。自此之后，大概一两个月拜访一次。有时还邀我三哥或其他同学一道去。记得有一次是星期天，我和我的一位学英文的同学李章伯去拜访。因为老师习惯在夜深人静以后工作，所以起床较晚，九点以后才开始用早餐。早餐很简单，大体是一杯牛奶，几块蛋糕，他手上还持个烟斗，边吃边谈，边接待。谈到我的学习问题时，他说："语言这个东西，不论中外，都要熟读成诵。”他认为背诵是学习语言的不二法门。尤其是古诗词，或先秦散文，都要像对待外文一样，把它背下来。因此，他并不一般地反对死记硬背，他反对的是私塾里不懂装懂的大合唱式的乱嚷，囫囵吞枣地背书。他强调在了解内容的基础上熟读成诵。他说年轻时背诵的东西，终生难忘，对以后做学问工作大有好处。劭西先生是研究历史的，他对先秦的著作，曾经整部整部地背。讲授时，凡引用《诗经》、《论语》、《孟子》、《庄子》、《史记》等，几乎都是背的，真可谓博闻强记。他的记性至老不衰。他常说：“背诵加深理解，理解促进背诵。”他并不研究音乐，因经常听女儿宪初弹钢琴，也就懂得肖邦、贝多芬的一些名曲了。我缺少音乐细胞，虽然常听师姐宪初弹琴，仍然一窍不通。我属牛，劭西师有时幽默地说一句“对牛谈琴”，引起一阵笑声。宪初的爱人方玮德，是桐城派古文家方东树的后人，新月派的新秀，与陈梦家同为徐志摩的得意门生。他与宪初订婚不久，因肺结核长期不愈，于一九三五年五月九日病逝。劭西师写了挽联："皖学旧名家，如此才华堪接武；珠（赤）绳刚系足，可怜药石已无灵。"同年六月，陈梦家编的《玮德纪念专刊》，由北平晨报承印部印出，收进劭西先生的挽词和黎宪初的《哭玮德》。一九三六年五月，玮德逝世周年时，在《北平新报·半月文艺》上，我发表过悼念玮德的诗①。一九七三年，我去北京治病，拜望劭西先生，他从书架上抽出一本《玮德纪念专刊》送给我，读了宪初《哭玮德》的文章，真觉一字一泪，不禁在封里题了一首七绝：

诗句情笺字字灰，招魂乏术海风哀。

当年曾说弹琴手，此日尤怜咏絮才。

自玮德病故，宪初于抗战前夕与南开大学教授陈之迈结婚，后陈赴美任驻美大使馆参赞，宪初亦赴任所，因难产身亡。直到解放前夕，才几经转折，由别人将死者生前的几件遗物如手表一块、钢笔一

① 此处作者回忆有误，吴奔星的诗作《纪念诗人方玮德》发表于一九三五年六月十五日《北平新报·半月文艺》第四期"诗的创作专号"，距离方玮德去世仅一月有余。——编者注。

支带回给父亲作纪念。劭西师直到临终都是戴着女儿的手表，用着女儿的钢笔的。

讲学与“内助”

世人多知劭西先生为语法学家。的确，他是使汉语语法现代化的先驱者之一。他的《新著国语文法》从二十年代初期出版后，图解法便普及于大、中学校，影响极为深远。到三十年代，他又为师大国文系开设“比较文法”，及至六十年代，指导刘世儒同志编写现代汉语教材，从而建立了独创的语法体系，中外驰名。其实劭西先生不仅是语法学家，而且还是历史学家和诗人。他与疑古玄同先生主持北平师大中文系，特别重视中国思想史的教学。凡国文系学生都要学“周至唐学术思想概要”，“宋、元、明学术思想概要”，“清代学术思想概要”等课程。劭西师晚年除了开设“比较文法”外，还主讲“宋、元、明学术思想概要”，教学任务十分繁重，加之兼任文学院院长，行政工作占去了不少时间。此外师友门生大量来信的处理，也都是不容易对付的。为了把上述各项工作安排得有条有理，使其相得益彰，他不得不依靠他的贤内助了。记得在大学三年级时，劭西先生来校授课，往往有一位身穿紫红外衣年近三十的女士陪侍左右。上课时，那位女士便坐在教室后面一同听讲。她是谁呢？下课后，劭西先生便向我们大家介绍了，这时我们才彻底明白她就是劭西先生的内助贺澹江女士。后来劭西先生到全国各地讲学，都由贺女士照顾。他给学生的信也往往由贺女士代劳，他只签名。这样经过四十多个春秋，直到晚年为止。

劭西先生讲学与玄同先生讲学有不同的风格：一个慢，一个急；一个从容不迫，一个激情洋溢；一个似断实续，一个滔滔不绝。相同的是，都是有本之学，很少无稽之谈。用今天的话说，他们讲学是把知识性和趣味性结合起来的。我在多年直接聆受劭西先生的教益中，尤其认识到先生知识的渊博性、思想的周密性和言语的条理性，的确是同时代人中所罕见的。

请胡适讲学

一九三五年下半年，劭西先生为了配合“宋、元、明学术思想概论”的教学，请北京大学文学院院长胡适先生到师大来讲学，题目是“中国禅宗的起来”①，每周一讲，一共四讲。劭西先生指定我和另一同学作记录。我对佛学并无兴趣，劭西先生说我笔头快，可以记得完整一点。加以我常在报刊发表文章，还在胡先生编的《独立评论》上写过文章，与胡先生通过信，见过面，胡先生听说我为他记录也很高兴。讲禅宗在中国的兴起，本来是不易讨好的，但胡先生长于辞令，记忆力好，穿插了不少小故事，能做到深入浅出，雅俗共赏。他讲完后，我们把记录整理后交给他过目，他增删了一些内容，发表在《师大月刊》上，并印成单行本作为思想史教材。从

---

① 胡适到北师大讲中国禅宗应为一九三四年十二月，吴奔星和何贻焜的记录稿经胡适润色，于一九三五年四月三十日发表于《师大月刊》第十八期，题目为《中国禅宗的发展》。——编者注。

此，我亦视胡适为老师。但在一九三五年一二·九学生运动以后，却有所变化。当时北平大、中学生为反对日本帝国主义的侵略，反对国民党政府的不抵抗政策，十二月九日，六千余人举行了示威游行，高呼“停止内战，一致对外”、“打倒日本帝国主义”等口号，结果竟遭到大批军警镇压，于是引起了北平各校学生总罢课。此时，胡适却公开站在学生的对立面，与北大校长蒋梦麟串通一气，千方百计逼学生上课。当蒋梦麟与学生在校门口辩论时，胡适竟从旁把蒋梦麟拽开，说：“何必对牛弹琴！”被激怒的学生立即斥责胡适：“你这条老牛，滚开去！胡为乎来哉！”因胡适字适之，当时的进步学生就讽刺他为“胡适之？”意谓：“国难当头，你往何处去？”有一小报便以“胡适之”作为对联的一边，征求对边。有人对了“孙行者”，劭西先生听了，也说对得工整。意谓胡适在现实生活中走投无路，只有做孙行者上西天取经罢了！

到了一九三六年六月，我和李章伯创办了北平《小雅》诗刊，在风格上公开与“胡适之体”的白话诗相对立，还提倡“国防诗歌”。他很恼火。这样，我与适之先生就不只疏远，而是对立了。但是，在事隔四十年后的七十年代，我到北京去看望劭西先生，还共同回忆了当年胡适讲“中国禅宗的起来”的情景。我对胡适的学问是敬佩的，劭西先生在背诵胡适引用的禅宗北宗的神秀的诗偈，依然滚瓜烂熟。并命我也口占一偈：

世上本无树，人间岂有台？

乾坤原一气，何处觅尘埃！

劭西先生听了莞尔一笑，点头称是。

燕云湘水两无穷

七七事变后，我向劭西先生告别，前往广西桂林，劭西先生则随校内迁西北，一别八年，但书信未断。新中国成立前夕，劭西先生函召我入京，一同参加开国大典。从这以后，我与劭西先生朝夕相处，请教就更直接了。

一九五一年夏天的一个晚上，我拿了我写的纪念太平天国起义一百周年的长篇叙事诗《洪秀全》朗诵给劭西先生和贺澹江师母听。诗是根据秦似同志的小册子《洪秀全》写的。朗诵后，劭西先生说不错。不久，我又送请老舍先生审阅，他和赵树理同志同意在《说说唱唱》上发表。我说不知与历史真实有无出入，后来托人请罗尔纲先生过目，他写了一些眉批，说诗稿与史实有出入，最好修改一下。后来由于各种原因被搁置起来了。这时，正好武汉大学中文系主任程千帆同志通过劭西先生转给我一封长信，动员我去武大教书。东北、山西、江苏等地的朋友也纷纷来信邀我，而北京方面又不放我。我一时拿不定主意，就去请教劭西先生，聊了大半天，最后他写了一个《十字诀》送我：

一家七口，知名吴教授，

三心二意，五颜六色处处有，

十拿九稳，四面八方由你走。

不久，我就与劭西先生告别，先到武汉，后到江苏，历经各种运动，二十年间，只在一九六四年、一九七三年、一九七五年三次到北京看望过他老人家。一九七八年接到他逝世的讣告后，我又奔赴北京，参加追悼会，并护送他的骨灰盒到八宝山公墓。一代学人，千秋盛业，将与燕云湘水，同其久长。

一九八四年四月写于

江苏徐州云龙山麓向阳轩

（原载《湘潭文史资料第五辑·忆黎锦熙》，一九八六年十月出版）

一九八五年

“时代的鼓手”

——悼诗人田间

田间同志的突然去世，使我感到十分意外。最近两个月，我想编一本《田间诗话》，作为我所主编的“中国现代诗话丛刊”之一，因此书信来往频繁。但到今年八月中旬，我写信给他，却不见他立即回信。我等呀等呀，没有等来他的诗稿，却突然收到了他的噩耗。我以模糊的泪眼看了老半天，才认定他再也不能来信来稿了。

我和田间是同时代的人，我比他痴长几岁，但是他写的诗，数量比我多，质量比我高，至于影响之广，我更不能和他相比。我几十年来，只是他的诗的爱好者和赏析者。今年是抗日战争胜利四十周年，田间就是从抗战的烽火中崛起的诗人。在现代诗人中，他是首先接受苏联诗人马雅可夫斯基的影响，外为中用地写出鼓舞中国人民奋起抗战的诗歌的爱国主义诗人之一。他的名作《假使我们不去打仗》等，虽是直抒胸臆，却曾激动多少中国人民的灵魂。全民抗战开始后，他写的长篇抒情诗《给战斗者》，以高昂的鼓动性，为胡风同志所赏识，并引起了闻一多先生的关注。在现代新诗史上，闻先生是对田间的诗歌作出历史的美学的评价的第一个人，他指出："这里没有'弦外之音'，没有'绕梁三日'的余韵……没有玩任何'花头'，只是一句句朴实、干脆、真诚的话（多么有斤两的话），简单而坚实的句子，就是一声声的'鼓点'，单调，但响亮而沉重，打入你耳中，打在你心上。"从而，他称呼田间是"时代的鼓手"。他"鼓舞你爱，鼓舞你恨，鼓舞你活着，用最高的热与力活着，在这大地上"。"当这民族历史行程的大拐弯中，我们得一鼓作气来渡过危机，完成大业。这是一个需要鼓手的时代，让我们期待着更多的'时代的鼓手'的出现。"显然，这既是闻一多对田间个人的赞许，也是对战时诗人殷切的期待。

一九八三年五月下旬，吴奔星和田间摄于田间北京寓所

我和田间虽然神交已久，然而，因为众所周知的原因，一直到一九七八年才在石家庄市的一次讨论中国现代文学史的学术会议上见面。在欢迎他的座谈会上，我背诵了他的代表作《假使我们不去打仗》和《坚壁》，他很惊讶地说："你连标点符号都背出来了。"我也很惊讶地说："我并没有背诵诗中的标点符号呀！"他笑着说："你的声调、表情中就有标点符号嘛！"在座的人哄然大笑。当时，田间身体不太好，似乎肠胃或肺部不太舒适，说话声音较低，有许多的话还是在座的刘振声同志（河北省文联理

论研究室主任)代替他表达出来的。他即席赠送我一本刚刚出版的纪念周恩来总理的诗集《清明》,我赶写了一篇读后感,发表于当年九月五日的《河北日报》上。从此以后,我们的来往就频繁了,每次上北京开会,我总要争取时间到他的住处看看他。他的客厅虽小,却令人感到友情的"紧凑"。他的家面临后海,水波渺渺,杨柳依依。我说:这里既宜于写诗,也适于养生。我祝愿他健康长寿。

田间虽然年近古稀,但从他对诗歌事业心的执著看,他是应该再活下去的。他对中国新诗的贡献应如何估价,值得进一步研究。但是,他在新诗发展道路上每走一步,都是开拓性的。在那日寇压境、国无宁日的年头,他与解放区的写诗的同志,创造了如匕首投枪的街头诗(枪杆诗、传单诗……),鼓舞了中华民族争取生存的坚强信念。正如闻一多先生所说:"那些诗即使不算成功,但它所成就的那点,却是诗的先决条件——那便是生活欲,积极绝对的生活欲。"这样的评价是中肯的。可是,某些台港的评论者却认为闻一多"称田间为'时代的鼓手’不是艺术的称赞，而是从民族生存出发的称赞”。其实，这是对闻一多评语的割裂与歪曲，把诗的思想内容与艺术手法的统一体活生生地割裂开来，怎么能正确认识一个诗人的成就呢？

抗战胜利直到新中国成立后，田间的诗风是有所转变的，逐步从生动活泼的短篇自由诗体进入格律较为谨严的长篇叙事诗。他的《石不烂赶车》是一部民族化、大众化而又现代化的长篇叙事诗，值得认真加以研究。新中国成立后，他写了不少国际题材和以歌颂祖国名山胜水为主题的抒情诗、山水诗，也都是格律诗或半格律诗。他有一个理想：要建立新诗的格律。我曾经对他说，中国诗歌形式的演变，曾经出现过三座格律诗的高峰：即唐代的近体诗、宋代的词和元代的曲。这是中国文化与文学的骄傲。他很同意我的观点。他说：我们伟大的社会主义祖国也应该建立无愧于我们伟大时代的格律诗的高峰。他表示准备要发的诗论，就包括关于建立格律诗的新高峰在内。他说：诗的现代化与诗的民族化并不是对立的，只有民族化了的“现代化”

新诗，才能为人民所接受。我以为他晚年关于新诗发展的一些想法，是十分精辟的。

一九八五年九月三日写于南京

（原载《文学报》一九八五年九月二十六日）

抄书与背书

——中学生活回忆之一

我害怕回忆中学时代的生活，因为那是六十年前的事，感到太遥远，太茫然，像回到自己的“上古时代”，许多老师、许多同学的面孔，有的清晰，有的模糊，一齐涌上心头，而他们现在怎样了，几乎都不知道。于是我只有在记忆中搜索他们的影像，搜索我和他们的关系，从而，我好久不得宁静，以至影响饮食和睡眠。但是，在“害怕”的同时，回忆往事也是一种乐趣。它有助于整理自己的万千思绪，使之条理化，使往事从模糊到清晰，从复杂到单一。就中学时代的学习生活说，最难忘的是国文（现在叫“语文”）教员李老师。

李老师毕业于湖南第一师范，文学根底很扎实。他教国文，用现在的话说，颇注重文学性、知识性和趣味性。那时是大革命前后，国文课上讲的绝大多数是文言文。换了好几个老师，才来了一位使同学称心满意的老师。他了解同学们“喜新厌旧”的习性，每一种文体只讲两三篇，把写景、抒情、叙事和议论的文章轮番讲授，使同学们总是处于“迎新送旧”之中。他每讲一课，首尾都是吟唱式的朗诵。头一遍朗诵，我们像听音乐一样，并不完全懂，有时完全不懂，但教室里却洋溢着文学的气氛。朗诵时，李老师全神贯注，旁若无人，似乎进入了“忘我”的境界。朗诵后，他微笑地说：“听不懂吧？不要紧，让我来讲讲。”于是他开始讲课。他首先逐段逐句地讲，先把难字、新词加以解释，再按照词序，把整句的意思讲清楚。在逐段讲析的基础上，再进行全文串讲。串讲之后，小结每段大意，最后是全篇大意。讲完全篇之后，留下十来分钟，让同学们默读一遍，并反躬自问：还有无不懂的地方？在同学们都读懂之后，他再把全文评论一番，或者谈笑风生，或者嬉笑怒骂，感动得同学们流露出各种不同的表情。最后他再朗诵一遍。这与头一遍完全不同，只见他摇头晃脑，似乎进入了“化境”。同学们不但不笑，反而随声附和，真叫一团和气，皆大欢喜。

我记得当他讲完杜牧的《阿房宫赋》后，一边朗诵，一边轻轻击掌，很有节奏感。他分四段朗诵。第一段是“六王毕，四海一，……一日之内，一宫之间，而气候不齐”。第二段是“妃嫔媵嫱，王子皇孙，辞楼下殿，辇来于秦。……秦人视之，亦不甚惜”。第三段是“嗟乎！一人之心，千万人之心也。……楚人一炬，可怜焦土”。最后是第四段。李老师朗诵时，抑扬顿挫，轻重缓急，都照顾到词义、句意和文章的起承转合，使同学的心目中如有秦朝兴亡盛衰的连环图影轮番而过。鲜明的形象，被他的朗诵之声带了出来。

当时正值大革命不久，他把最后一段读得令人回肠荡气，反复思索。尤其是对“嗟夫！使六国各爱其人，则足以拒秦；使秦复爱六国之人，则递三世可至万世而为君，谁得而族灭也?”几句话，他读得特别宛转，富有感情，而于“秦人不暇自哀，而后人哀之；后人哀之而不鉴之，亦使后人而复哀后人也”

更是读得唏嘘流涕，感慨系之。同学们由于对文章内容与章法有比较深入的理解，也就为李老师的感情所感染。

但读完这篇文章不久，就听说李老师被解聘回家。过了一些时候又听说他失了踪。我们当时都是十三岁至十五岁的孩子，似懂非懂。后因继任的老师都不如李老师，所以大家一上语文课，课堂上的老师背后，总像站着形象更加高大的李老师。

李老师讲课，总是把注释、串讲和朗诵结合起来，统一起来。他说，他教每一篇文章，都是先抄后背。“抄”是为“背”作准备。他认为中国古代的散文，篇幅都比较短，一篇文章抄几遍，并不费事；而每抄一遍，都有新的体会。如果不抄，便容易忽略了文章的细微末节。抄几遍，连标点和文气都熟悉了，这样朗诵起来，才能更好地传达文章的内容与感情，认识原作者的精神意态。

李老师的外语也很好。他经常说，读古代的文章，要作外语处理。学习外语没有捷径，只有多多抄写和多多朗读。读古代的文章也一样，不多抄多背，是学不到手的。李老师告诉我们：古代的好诗好词，要整首整首地抄，要整篇整篇地背；至于较长的古文，可以有选择地抄，有选择地背。但都要在懂得原文的基础上进行，避免三家村冬烘先生式的死记硬背。对于古典诗词，纵使不能整首地背，也要背诵其中的佳句或警句。对于古文中的一些名篇，篇幅较短的最好都背，如王羲之的《兰亭集序》、江淹的《别赋》、刘禹锡的《陋室铭》、范仲淹的《岳阳楼记》、苏轼的《赤壁赋》等等，最好能整篇地背。较长的文章，如司马迁的《报任安书》、司马光的《淝水之战》、班固的《苏武传》等等，可以整篇地抄，但要有选择地背。李老师认为抄书是“手到”，背书是“口到”，读懂是“心到”（或“脑到”）。只有三者同时“到”，才能学到手，学得到家。他经常说，“抄书”与“背书”都是艺术活动。从“抄书”中可以想见原作者写作文章的艰苦，从“背书”中可以听见原作者感慨世事的声音。“抄书”不仅可以练出一笔好字，而且可以刺激写作的冲动：古人能写出这么优美的文章，我为什么不可以试试看？“背书”不仅可以消化古人的文章，还可以学会各种体裁的文气所构成的特有的文风，帮助自己的写作。

同李老师分别有六十年了，他，即使当年不失踪，也可能早以百岁高龄辞别了人世。他虽不是赫赫有名的教育家，却是令人长期钦敬与怀念的老师。

“抄书”与“背书”，原是比较呆板的学习方法，而李老师却运用得十分灵活，并且效益显著。今天的中学青少年，在学习古代诗词和文言文时，也不妨适当地采用。尤其是那些在写作上长期没有进步或者没有兴趣的青少年，更不妨从“背书”与“抄书”中打开一个突破口。凡事有了兴趣，并取得进步，便可鼓舞自己奋勇前进了。

（原载《中学生文史》一九八五年第十一期）

一九八六年

现代儿童文学的先驱及其末路

——前《小朋友》主编吴翰云先生的后半生

难于忘却的纪念

旧上海有一个《小朋友》，新上海也有一个《小朋友》，它们都在现当代产生了深远影响，二者有何历史联系呢？

今天，七十岁左右的老人，只要是知识分子，又关心一点文学，大概都知道旧社会的上海出版过一个儿童读物《小朋友》，那是中华书局在一九二二年新文学运动的高潮中创刊的，算来已经六十五年了。它是今天上海少儿出版社出版的《小朋友》的前身，曾多年担任过主编的吴翰云先生是我的堂叔。我的少儿时代，曾受过《小朋友》杂志的哺育，还享受过先读为快的乐趣，都是由于堂叔吴翰云先生的关系。但是，对这位在儿童文学方面做过一定贡献的吴翰云先生，除了老资格的儿童文学专家陈伯吹同志和前任《小朋友》的主编周大康（诗人圣野）同志等少数几位称得上是“海内存知己”之外，知道他的恐怕只有王人路先生的妹妹王人美同志等极少数人了。陈伯吹与吴翰云为同时代人，大概在《小朋友》创刊前后，他们就认识了。因此，关于吴翰云先生二十年代初期至三十年代中期在上海的工作与生活情况，陈伯老当然比我知道得多一些；但是，吴翰云从抗战爆发，回到老家，直到解放后去世，即他的后半生情况，陈伯老可能也不太知道了。一九八〇年我因事经过上海，圣野同志曾嘱我写点介绍吴翰云后半生情况的文章，以纪念《小朋友》创刊六十周年。今年八月中旬，我应邀去绍兴鲁迅讲习班讲学，碰到浙江师范大学校长、儿童文学专家蒋风同志，也希望我写点评介吴翰云的文章。因此，足见吴翰云先生，不论知与不知，还是可以说“海内存知己”的。为了纪念新文学史上第一份历史悠久的儿童文学读物《小朋友》的诞生、成长与壮大，为了给今天研究现代儿童文学历史的专家提供一点儿童文学前驱的生平资料，也为了向曾对儿童文学刊物从编辑到创作做出过一定贡献的前辈表示缅怀的心情，我确有不容推卸的责任，要写一篇怀念吴翰云先生的文章。

一位艰苦奋斗的青年

吴翰云，湖南安化县东坪镇吴家湾人。吴家湾是一个山明水秀的地方，要是搬到江浙一带，肯定会成为旅游胜地。我们村（湾）背山临水，一条小河全长三十多里，缓缓地流过村前，夹岸柳树成荫，被称为柳溪，水清见底，游鱼可数，经过我们的家门，流入湖南省的第二条大河资江。吴翰云就在一八九五年八月出生在这里，家庭是破落地主，靠变卖祖先遗留的田产度日，兄弟三人，他是老三。他在家名叫吴子厚，我们称他为“厚叔”。他在青少年时期，曾在湖南省会长沙念中学、大学，喜运动，尤好足球。每当寒暑假从省城回家，穿着打扮，颇有几分“洋气”，尤其是一双皮鞋，闪闪发光，冬天则是深统，仍惹人注目，乡下人称之为“快靴”，说穿了它，走得快。那时正是袁世凯称帝和张勋复辟时期，乡下人好奇，看见厚叔穿的西装裤，两腿直直的，说他学洋人走路，一身洋气。我的家乡，山多田少，人民贫困，上不起学，厚叔能够去省城读书，算是“鹤立鸡群”，被人另眼相看。当时，镇上还只有国民小学，要从省城毕业的师范生或中学生，才能充当校长、教员，薪水虽只二三十块钱，可是当时物价便宜，一块钱可买猪肉七八斤，鸡蛋百来个，因此，父老兄弟们对国民小学的校长、教员，颇为羡慕、敬佩，社会地位比今天的小学教员高多了。但厚叔要出去看看世界，要离乡背井，远走高飞。大概在五四运动爆发后不久，他就到十里洋场的上海闯荡江湖去了。上海，是有名的冒险家的乐园。这就迫使厚叔，徘徊黄浦江边，听着海关的钟声，望天兴叹。上海的大门如此高耸，到哪儿去寻找一块敲门之砖呢？敲不开门，是没有安身立命之处的。所幸厚叔在青年时代讲究仪表，手脚也颇灵活，虽然短期彷徨歧途，毕竟没有被人看成“小瘪三”。他虽然生性谨小慎微，但为了在上海扎根，就不得不千方百计地找门路，不得不像今天一样讲究一点“关系学”。算他走运，在一个极其偶然的机会，幸会了湖南的舒新城先生，当时在上海中华书局身居要职。他与舒先生攀上了同乡关系，被引进中华书局，当个“录事”或“书记”（可不是今天党政部门的“书记”呀！），抄抄写写，月薪二十来元。厚叔是节约成性的，省吃俭用，月有节余。《小朋友》创刊后，每月为寄发刊物写信封，年长月久，也为刊物写点诗歌、故事，得点薄酬，增加收入。为了生活方便，他从老家把妻子林秀英接到上海安家落户。厚婶林秀英是以勤俭闻名的，夫妻配合，应了一句老话：外边有个扒钱手，家里有个聚宝盆。省吃俭用，生儿育女，日子过得美美的。干到三十年代初，居然有了若干积蓄。又因他当上了《小朋友》主编，薪水提到六十元以上，水涨船高，稿费也多起来了，在出版界还有了一定的“知名度”。《小朋友》的封底，刊出了“本刊主编吴翰云先生和他的爱儿珊君”的照片。据估计，吴翰云在三十年代的薪水、稿费，加起来也不过百元左右，在上海那个纸醉金迷的地方，实在不算什么，但对于一贯勤俭的厚叔夫妇，为数就颇为可观了。他为了减轻自己的负担，也引进了一位同乡李章伯做他的助手，帮他写信封，寄刊物，月薪十六元。这位青年李章伯是为求学而到上海来的，想搞一笔钱升大学。他深受厚叔夫妇省吃俭用的影响，每月十六元工资，硬性地存下十元，干了几年，竟然积少成多，存了几百元。吴翰云先生替他存到银行生息，以便锦上添花，更上一层楼。但李章伯并不满足于现状，为了自己的前途，不能老写信封，耽误了青春，就在一九三三年考上了北平师范大学的英国文学系，而离开了《小朋友》。他有五六百元积蓄，也就放心读书了。

一九三六年我与李章伯在北平创办小雅诗刊社，出版《小雅》诗刊，比戴望舒创办的《新诗》早四个月。一北一南，彼此支持，互登广告，并交换稿件。李章伯的诗写得不错。有一次闲谈，他回忆与吴翰云夫妇来往的日子，有些细节，虽然可笑，却反映了吴翰云夫妇节俭的性格。李章伯在上海《小朋友》工作期间，有时一早登门请教，厚婶一见李章伯来，便吩咐厚叔：稀饭锅里多加一瓢水，以便共进早餐。李章伯是老实人，受过吴翰云的提拔，并非故意贬损厚叔，而是如实反映了他在上海的艰苦生活。正是因为厚叔能艰苦度日，才能有所积蓄。到七七事变一声炮响，吴翰云全家害怕战火蔓延，认为还是回湖南老家安全，于是向中华书局请长假，带着子女告别了十里洋场，回到穷乡僻壤的故乡。

戴上了地主帽子

吴翰云先生的祖辈，都是破落地主，父辈更降为城镇贫民。可是，他腰缠数千元，衣锦还乡，破落地主的门楣，顿时生色不少，似有“中兴”之势。本来，几千元的存款，在十里洋场的上海是微不足道的，但在穷苦落后的山洼里，却是巨款。他那勤俭持家的妻子，便充分利用存款，买田买地，陆续买了四五十亩水田，还放债生息，于是，他身份大变，厕身于地主土豪之列。但他自己也不思进取，在家种花种草，过着与世无争的田园生活。恰巧妻子林秀英因眼疾失明，由人撮合，他又娶了一位年轻的湘乡女子为妾。一个勤俭朴实的家，从而分崩离析。林秀英生过一儿二女，妾又生二儿三女，家庭纠纷，此起彼伏，只好像细胞分裂，一家分成两家，以期平安无事。在旧社会，有钱能使鬼推磨，尽管吵吵闹闹，生活总还是过得去的。但是，天有不测风云，人有旦夕祸福，平地一声雷，风云变色，全国解放，吴翰云在土改中被划为地主。只是因为他毕竟是知识分子，长期编辑《小朋友》，心地比较单纯、坦率，在当地曾经还帮助一些乡亲，做过一些好事，如免抽壮丁等，被人称为开明绅士，尽管戴着地主分子帽子，却没有苦主找上门来，可以凑合着生活下去。但是，“文化大革命”一来，他成为揪斗对象，每天早请示、晚汇报，一位年届古稀的老人怎么受得了哇！在六亲不认的当时，妻室儿女都与他划清界限，脱离接触，别人更不敢对他表示丝毫同情！吴翰云毕竟是书生气十足，一次去汇报，竟一步一步数着自己的脚步，造反派发觉了，以为他怀恨在心，妄图报复，把他批斗得死去活来。他望着柳溪仍如往日那样地流入波涛起伏的资江，而自己却众叛亲离，不禁默默地念起了两句唐诗：“日暮乡关何处是？烟波江上使人愁！”幸而造反派没有发现，免去了一顿死打。由于衣食不济，一家人靠大女玲君每月寄十元维持生活，他身体不支，终于在一九七三年死去，终年七十九岁。

妻子儿女尽管跟他划清界限，但也在劫难逃。他的原配林秀英因双目失明，跟二女过活，比吴翰云早死一年。妾刘四妹，带着所生两儿三女，也历尽艰辛。她比吴翰云小二十四岁，当吴翰云遭遇坎坷，她对婚姻颇为后悔，并表现于行动上。现年六十八岁，身体还很结实。

至于吴翰云的子女，都已工作。长子珊君曾肄业大学，后参军转业，现在吉林省磐石县教师进修学校教书。次子吴林现在安化电木粉厂当职工。

三子吴旭，在安化电木粉厂当司机。大女玲君，在武汉市邮局工作，已退休。二女四君在长沙市人民银行任会计。三女珊三，在东坪柳溪中学任教师。四女吴新、五女时娣，均在安化电木粉厂工作。这些琐事，想也是海内知己陈伯老和其他儿童文学专家们所愿知道的吧。

盖棺论定

吴翰云先生死后，他的老友陈伯吹同志和前《小朋友》主编周大康同志以及其他儿童文学研究专家如蒋风同志都一直怀念他，并想了解他从上海回家以后的情况。其实，我和厚叔也只是在一九四八年八月在家乡见过一面，对他的后半生也知之不多，上面的一些情况，主要是翰云先生的堂侄吴国汉老先生提供的。

吴翰云离湘来沪，只在中华书局工作过，而且只在《小朋友》的编辑室里活动，别无其他经历。如果要对他盖棺论定的话，似乎可以这样说：他是一个胆小怕事、谨小慎微的人。当年中华书局的老板可能就是看中了他这一点。他虽缺少创业的事业心，却有为个人奋斗的“职业心”，于是就利用他创业不足、守成有余这一点，维持《小朋友》的四平八稳的特点前后达十多年。假如不是抗战爆发，他是不会离开上海的，老板也不会同意他辞职的。他虽缺少创业雄心，可客观上却为《小朋友》献出了青春，直到中年才离它而去。他也写了不少儿童诗歌与故事，如果挑选一下，沙里是可以淘洗出点金子来的。《小朋友》在当时能产生广泛的影响，他是付出了心血，也有一番劳绩的。说他是中国现代儿童文学的前驱者之一，大概不算过分吧。

一九八六年九月二十日于南京师范大学

诗人、友人、领导

——缅怀吴天石同志

人，不论知名与否，可以销毁其肉体，却难消除他在亲友心目中的印象。前江苏省教育厅厅长吴天石同志在“文革”初期含冤而死，忽忽二十年。他，作为人，已不存在了，但他作为诗人、友人、领导的印象，却时时显现在许多人的心目中，而且随着岁月的推移，色彩仿佛在浓缩，印象也日见其鲜明，真正令人感受到“千古”、“永垂不朽”这些重复了千万遍的词语，闪闪发光，具有真实意义。

我与天石同志相识，是在一九五二年夏秋之际。那时，全国的高校正在进行调整，苏南文化教育学院（由江苏教育学院、社教学院、无锡国专合并建立）将与苏州的东吴大学等院校合并，筹建江苏师范学院（初名苏南师范学院），以天石同志为首，组成筹建委员会，我也忝列其中。记得天石同志到任时，同在教工食堂用餐，与教职工一一握手。大家闲谈，说领导有“三气”：一是来个下马威，神气活现，面带杀气；二是下车伊始，羽扇纶巾，听取汇报，浑身官气；三是深入基层，广交朋友，一脸和气。而天石同志却平易近人，既少官气，更无杀气。他中等个儿，穿着朴素，态度诚恳，讲话要言不烦，当机立断，从不支支吾吾，拖泥带水。于公于私，该办就办，不敷衍，不搪塞。待人接物，很少疾言厉色。广大师生对之肃然起敬。

天石同志谦光照人，尊重知识，爱惜人才。那时，院、处、系三级都无副职，处与系均未建立总支或支部，各系、科除主任外，仅设秘书一人，真是精兵简政，上下同心。为了集思广益，天石同志与杨巩同志定期召开咨询会，听取各民主党派教授的意见。天石同志总是鼓励大家打消顾虑，畅所欲言，为了办好新兴的高校，献计献策，同德同心。天石同志自己是知识分子出身，又是诗人与作家，很了解知识分子。他主持院务的时候，时以古代学者的治学方法，诱导同人。他娓娓谈心，很少废话，旨在启发大家的事业心。他说：到高校工作，不仅是为了职业，解决一家几口的吃饭问题，重要的是创建一番事业，为人民、为国家作出贡献。

他为了办好江师和江苏省的其他高校，在任筹建主任和厅长期间，除了鼓励我们推荐人才外，还亲自罗致人才，培养人才。我与朱彤教授联名向他推荐沈祖棻同志（程千帆同志夫人），他听了我们的简介，知道沈祖棻是诗人，非常高兴，立即发出聘请（解放初期曾沿袭过聘任制二三年）。他自己也把几位中学教师调到江师，向筹建会介绍他们的专长。凡是经他当年选拔的教师，都是学有专长的，目前多已晋升为教授。

天石同志好学深思，于书无所不读。解放初期，高校重视现代文学。他知道我研究鲁迅，出示他的藏书，内有丝绒封面的《海上述林》豪华本（日本人如此称呼）、《语丝》合订本，以及《呐喊》、《彷徨》原刊本。两人边看边谈，竟忘了吃晚饭的时间。《语丝》合订本虽然残缺，他看我爱不忍释，就让我拿回去做个纪念，还赠送我他参与编辑的几本文学杂志，已记不清名字了。

我本来在北京市文教局任编审。一九五二年春苏南行署向北京市人委借调，为期半年。一九五三年暑假我回到北京，拟就新职。天石同志函电挽留，并动员我的学长张焕庭教授(时任江师教务长)快函相促。我被天石同志的诚意所感召，毅然南返，担任江师首届院务委员，共襄校事。

天石同志的生活作风与工作作风都是严谨的。他平时同我谈心，由公及私，由今及古，由中及外，由现代文学到古代文学，逐步引导到教学工作以及担任古今中外课程的教师。天石同志说，他最喜欢听老师讲课。我说：作为一个领导，抽查教师讲课是责无旁贷的事。天石同志总是谦虚地说："我倒不是去抽查教师的教学，而是去学习。"他认为每个教师各有所长，作为领导应该信任教师总是把专长教给学生的。因此，他多讲教师的长处。他说，他能在短暂的时间感受到教师的特长，是一种乐趣。他说，他自己也当过多年的教师，对于教师的特长，应该多加尊重，不要轻易否定教师的成绩。他批评某些领导大摇大摆走进教室，使学生分心，是很不好的。他去听课，总是悄悄地坐在后排，尽量不引人注意，让教师畅所欲言。

天石同志私下很少议论教师的短长。他说：领导轻易表态，最易造成教师之间的分裂。他认为不能团结教师的人，是不能充当领导的。

天石同志为人是内向的，严肃的。但是，话一投机，他也滔滔不绝，生动活泼。有一次他同我谈鲁迅。他说，他对鲁迅缺少研究，《鲁迅全集》还没有读完。我说：我对鲁迅著作也还来不及细读，特别是他的译著还有几本没有读完。他问我应该向鲁迅学习些什么，要我不要引证别人的意见，谈我自己的看法。我说：很难谈得全面。但有一点似乎可以肯定，是他对时代脉搏的敏感。他的某些杂文，能把反动派的动向说在前头，表现了敏锐的预见性。他点点头，认为鲁迅看人看事入木三分，非常深刻，并且有说服力。

有时天石同志也同我谈谈思想，谈谈思想改造。我请他从领导角度谈谈对我的印象，指出我的缺点。他认为我给他出了难题。他说，他在背后都不议论别人，何况当我的面，叫他从何说起。我说："你尽管直说。我自信还有容纳你对我的任何批评的雅量。"他停了片刻，说："你是一个胸无城府的人。心直口快，是优点，也是缺点！"我说："对！汉代传下来的民谣，不是说'直如弦，死道边，曲如钩，反封侯'么？"他说："那是封建社会的事，在社会主义社会没那么严重，直爽一点不会出现'死道边'的悲剧。"我说："也不会出现'封侯'的喜剧。"他忍不住笑了。我念了两句诗给他听："明月繁星能作证，从无一梦觅封侯。"他说："那也好，你的爱人也免登楼去念'忽见陌头杨柳色，悔教夫婿觅封侯'了。"我们不禁相对笑出声来。天石同志调任江苏省教育厅厅长不久，我也因院系局部调整，从江师到了南师。我们虽然都在南京，但平时很少见面，更少谈话，偶尔在有关会议上会见，也只打个招呼，问个好，像在江师那样促膝谈心的情景也没有了。计在南京三年多，只在一九五六年的夏天，和几位老同事一同去太平路四条巷他的住处看过他一次。他

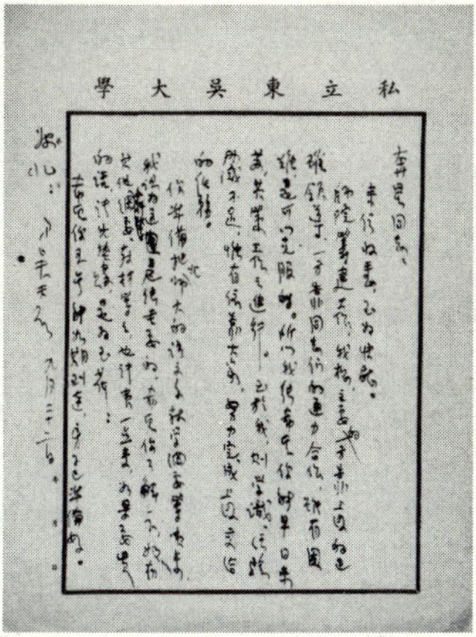

私立東吳大學

一九五二年九月二十二日吴天石致吴奔星信函

还是那么平易近人，那么热情好客，没有厅长的架子。

自那年以后不久，一个不平凡的春天来到了，那就是一九五七年的整风运动。我终于因为直言贾祸，爱人也受株连，一起被“发配”苏北。苏南苏北以长江为界，天石同志与我算是划清了界限了。但我们仍有书信往还。我大概每年给他写一二次信，主要是问候，也汇报一点生活与工作情况。他每信必复，对我和我的爱人仍称同志。那时“同志”一词是可贵的，真是感激涕零，受宠若惊。是不是天石同志的立场不稳，阶级观念不强呢？我在心中嘀咕，害怕别人知道，会影响他的令誉。最难忘怀的是当我摘帽的一九六二年九月，我写信给天石同志，似有“报喜”之意，但天石同志的复信根本不提此事，只劝我写文章、写书。我倒是书生气十足，以为真正摘掉了帽子，不知在他人心目中仍然是摘帽右派。

到一九六六年夏末秋初，“文革”先后向全国开展。我所“下放”的单位，以“打死老虎”为“文革”鸣锣开道。像我这种人当然是首当其冲，在劫难逃。而“打手”中的“知名度”最高的竟是平素所谓最“接近”最“吹捧”最“崇拜”我的门生故旧。他（她）们自封“革命群众”和“造反派”头头，佩戴红袖章，自称“红卫兵”，趾高气扬，纵横十万里，四处串联，足迹所至，灾难丛生。记得那年八月的一天，寒舍忽然被包围，四面楚歌，声震屋瓦，一片叫啸之声，充满“红色恐怖”：“吴天石被揪出来了！你的黑后台垮掉了!”“交出来! 交出来! 把吴天石的黑信交出来! 要不就砸烂你的狗头!”内中一名“女将”,狂呼乱嚷,尖锐刺耳! 孩子都还幼小,个个脸色苍白,吓得欲哭无声。本来从反右派斗争扩大化之后,亲友来信,我一般时看时毁,不加保留,但天石同志的十来封信,却作为“诗人、友人、领导”的纪念保留未动。当时当地,也算不幸中之大幸,幸亏有这些信交出去,才得以苟全性命于乱世。但使我的心灵发抖的,是惊悉天石同志夫妇竟遭惨死。据说八月三日那天,红卫兵本是去揪斗南京师院中文系的一位教授,闯进了紧邻的天石同志家中。天石同志问他们来干什么。红卫兵不认识天石同志,天石同志把身份告诉他们,红卫兵听说是教育厅厅长,是江苏教育界最大的“走资派”,就叫嚣起来:“正是要找你!”并且厉声质问天石同志:“你到底是人还是鬼?”天石同志实在忍无可忍,就直截了当地说:“同你们一样,要是人都是人,要是鬼都是鬼!”谁知话音刚落,红卫兵高呼“横扫一切牛鬼蛇神”,天石同志同其夫人被拖到南师校园,遭受残酷斗争,天石同志的夫人及其本人，先后于八月三日和五日就这样被迫害而死。其间细节，难免有传闻之异，但他俩死于非命，却是人所共见，当时不禁想起了两句古诗：仲夏草木长，斯人独憔悴。前者是陶潜的诗，后者是杜甫的诗，本与“八三惨案”毫无干系，但对比“造反派”的嚣张与天石同志的惨死，却是相当确切的哀词。天石同志本是富于诗教的温柔敦厚的长者，但在一群丑类跟前，威武不屈，直言不讳，终于应验了汉代悲剧性的谣谚“直如弦，死道边”，真是不知人间何世。当时我口占悼诗一首：“孰挽狂澜扬子江，应倾东海洗肮脏。蟠龙踞虎皆流泪，木落钟山夜未央。”天石同志屈死之后，“文革”狂澜日益高涨，手段之毒辣也日益升级，整整十年，全国人民都处于深重的灾难之中。直到“四人帮”溃灭，新的党中央才拨乱反正，平反冤假错案。天石同志有知，自当含笑九泉。十年来，每到“八三”那天，我都想到天石同志，都想写点纪念性的诗文，只因他的遗书一直未蒙当时的“造反派”发还，无从引证一些具体资料，总是握管唏嘘，仰天长叹。今年是“文革”发难二十周年，也是天石同志蒙难二十周年，缅怀这位诗人、友人、领导，不禁悲从中来，奠以二绝：

桩桩往事忆当年，阵雨江南共泫然。
若问诗魂何所似？莫愁莲叶正田田。

应从何处去招魂？巷尾街头几扇门。
咀嚼遗言千万遍，秦淮春色染黄昏。

（原载《雨花》一九八六年第九期）

一九八七年

“一望天涯万里开”

天下没有无故乡的人，然而怀念故乡的乡情，却是因人而异的。

作为一个湖南人，我是在“马日事变”后不久离开故乡安化东坪的，到现在六十年了。六十年来，我经常梦见故乡的山山水水和父老亲故。而做梦最多的年月，要算是十年内乱时期。当时我特别怀念童年的自由天地——故乡。奇怪的是，故乡和故乡的人们在梦中似乎是永不变化或长生不老的，尽管时间流逝了半个世纪，而故乡的一切却永远像青少年时代一样，其实山乡早已巨变了。因此，一梦之后，总是心潮起伏，惆怅不已。每当月夜梦醒，从窗隙仰望长空，茫然若有所失。曾写过两首五绝：

其一

万里辞家远，云山知几重？

故人来入梦，谈笑不生风。

其二

作客他乡久，故园已陌生。

伤心童子月，犹向老年明！

这种怀念故乡的情感，可能就是所谓乡愁吧，乡愁来自乡情，没有乡情的人是不会有乡愁的。

我的故乡安化是山区，比较封闭。在旧社会既不通火车，也不通汽车，更不通飞机，从长沙回家，先坐轮船或汽车到益阳，然后坐小木船沿资江上溯，三五日才到东坪。听说现在有了公路，但在梦境中从未见过公路与汽车，始终是童年游泳过的一条柳溪淌过家门，流入资江。资江流过县城东坪，经益阳直达洞庭湖，流注长江，浩荡东下，汇于东海。资水的流向，显示着我这个他乡游子多少年的行踪。它冲出洞庭湖，我也随它冲出洞庭湖。安化有句俗话，一个人要出湖，才有出息，否则便囿于一隅，只能鼠目寸光，老死林下。因此，"出湖"一词便往往作为成语，用以鼓舞青年男女，从而洞庭湖也就经常出现在我梦中。曾有一夜“惊梦”之后，于枕上口占七律一首：

洞庭远在楚云端，万顷烟波气象宽。
帝子悲歌风乍起，逐臣遗憾水犹寒。
乡关日暮知何处？杯酒天涯负壮观！
雪浪滔滔青一抹，君山千古碧如蓝。

其时正值动乱之年，情调难免感伤，如果这样的诗也算文学，大概只能划入所谓的“伤痕文学”吧。谅今后不会如此！

我的母亲在我三岁时病逝，父亲是失业的乡村教师。生活迫得我从小上山打柴，下水摸蟹，从而故乡的山水也就了如指掌，深印于我的心目中。还有全县的各个乡镇，也曾遍布我的足迹，这是因为一九二七年春我参加了湖南农民运动。当时，我在安化县唐家观滨资高等小学上学，有一批从长沙聘来的思想进步的教员，担任国文、历史等科的教学工作。那年春季开学，湖南农民运动的暴风骤雨席卷安化，仅仅东坪的柳溪坪就聚集过几万农民协会的会员，大刀、梭镖、鸟枪，对日生辉，真是破天荒的壮举。那时我们是高年级学生，十四五岁的青少年，都被动员参加了革命，跟随进步教师踏遍东坪附近的村庄，如卢家坊、贺家村、土金坪、七树湾等乡村。所到之处，集合农民开会，宣传减租减息。当时，贺家村的贺成德老师也是领队的老师之一，但不知他老人家还健在否。在他家乡，农民运动搞得热火朝天，妇女的发髻、少女的长辫，都一一剪去，有的女青年还就地参加了革命，同我们一样，被发给一张总理（孙中山）遗像和几本《共产主义ABC》、《阶级斗争浅说》一类的小册子，算是集体参加了"C.Y.（共青团）"。那时东坪交通闭塞，信息欠通，四一二反革命政变的消息未能及时知道，直到"马日事变"前夕，血腥的屠杀到了跟前，才仓惶撤退。那一段惊心动魄的日子，虽然只有三个多月，而沉睡的安化却拨开了惺忪的睡眼，让青年一代进一步认识到不"出湖"看看是不行了。我就是大革命失败后不久逃到长沙乡下的。长沙是我的第二故乡。我有时拿到什么要填的履历表，往往填写原籍安化，寄籍长沙，就是因为长沙也寄托着我的缕缕乡情。

乡情长在，乡愁难遣。当“四人帮”粉碎后，我心境豁然开朗，曾写了《迎春》一律：

四季循环春又回，喜看枝上冒花蕾。
山边漫步怜芳草，林下弯腰惜落梅。
塞外寒流鸿阵去，海隅气暖燕双来。
云层消散迎红日，一望天涯万里开。

随着时间的流逝，年龄的增长，乡情越来越浓重，我坚信魂牵梦萦的故乡，正在日新月异地前进！“一望天涯万里开”，成了我的心情的具体写照，故乡好像就在眼前一样。

（原载《湖南日报》一九八七年八月八日）

一九八八年

痛失人师

——悼念叶圣陶先生

二月十六日晚，是戊辰年除夕，从新闻联播中，惊悉叶老长逝，顿感泰岳崩颓、巨星陨落！

我向叶老请教，开始于一九四一年前后。那是我向开明书店发行的《国文月刊》投稿，并请教叶老一些关于语文教学的问题。近半个世纪的岁月，叶老的人品与文品留给我极其深刻的印象。他是我所接触的师辈中最为谦虚下士的长者。长者风度可敬可亲。他既是“经师”，更是“人师”。与叶老相处，真是如坐春风，如亲化雨。

叶老是著名的教育家、文学家。他有不胜枚举的“第一”留在人们的心目中：他是现代文学史上第一个文学社团（文学研究会）的十二个发起人之一；

他是我国新诗史上第一个诗刊(《诗》月刊)三个主编人之一;他是我国现代儿童文学史上第一个写童话(《稻草人》)的作者;他是我国现代小说史上第一个写以小学教师为主人公的长篇小说(《倪焕之》)的作家;他是第一个写所谓“问题小说”为数最多的短篇小说家;而在文学理论方面,他又是始终坚持“为人生”的现实主义道路,并且第一个(一九二二年)提出生活是“诗的泉源”的作家。至于在其他方面,如文化教育、出版事业、识别与培养人才等方面还有不少的“第一”。就是这许许多多的“第一”,在获悉叶老长逝之后,一齐涌现我的脑海。平常听惯了“缅怀”什么人,难免有些迟钝或抽象感,自闻叶老去世,想起许多“第一”,对他的“缅怀”便一一具体化了。越想到这些“第一”,就越感到今后再到北京东四八条的叶老故居,再也听不到叶老亲切的謦欬了,再也看不到叶老轩昂的眉宇了,从而也越觉得悲从中来,不禁联想起叶老写于一九二〇年九月的新诗《悲语》:

　　一个朋友的妻死了,

他敛抑着悲痛

对我说：

“现在换衣服常常要找寻了！”

　　我的亲戚

死了个六岁的孩子，

来信说：

“完了，只剩他的相片了！”

这首经历了六十八年的诗，表现了叶老对亲戚朋友的一贯心态，今天朗读起来，仍为叶老真诚的人品与朴实的文品所感动。他的明白如话的诗句蕴藏着多沉痛的心情。叶老啊！您离开我们了吗？没有，没有！您给我的四本书(《茅盾小说讲话》、《鲁迅旧诗新探》、《鲁迅诗话》、《钱玄同年谱》)题写的封面，还摆在案头，音容宛在。您的遒劲的笔锋，散发着永恒的生命力，正鼓舞我前进！不过，我仍然忍不住地要学习您的口吻说：

叶老不在了，只好抚摸他的手迹了！

一九八八年二月二十日于南京

(原载《新华日报》一九八八年三月二日)

一九八九年

五十年间雁一声

——写在台湾诗人纪弦的来信之前

我与诗人纪弦相识，在一九三六年的夏天，那时，我正与诗人李章伯主编北平《小雅》诗刊，纪弦和他的母亲、弟妹等到北平来旅游，并看望我们。在那一年的六月，《小雅》创刊，接着，他在苏州创刊了《诗志》，并从经济上资助戴望舒在上海创办了《新诗》。一时之间，诗坛颇为景气。但那时并未打出“现代派”或“现代主义”的招牌，只是不写或少写靠格律支持生命的新诗。望舒那时早已写出了《雨巷》，反对写诗用脚韵；纪弦（笔名路易士）也是如此。只是我介乎用韵与不用韵之间，既不凑韵，也不故意甩掉脚韵，一听自然。因此，《小雅》诗刊网罗了更多的作者。但是，好景不长，曾几何时，一九三七年的七七事变，把我们这一群写诗的青年推向四面八方。望舒去了香港，我去了“大西南”，纪弦于南京沦陷后，拖家带眷溯江而上，过武汉，到长沙，和我话别。那是一九三八年的早春时候。我与他分手后，迫于生活，文学活动为东逃西窜所代替。本来，我认为写诗是我的事业，教书是我的职业，但是，在祖国处于外寇侵凌之下，烽烟弥漫，灵感毫无，终于“职业”取代“事业”，文学生涯出现了断裂，从而，与纪弦也音信隔绝，只听说他去了台湾。直到八十年代中期，由于“开放”的幅度越来越宽，对台、港和海外华人文学有较多的了解，从台湾一些著名诗人洛夫、痖弦、张默的文章与谈话中，才获悉纪弦在台湾诗坛提倡“现代派”诗的情况。纪弦早已退休，并且离开台湾到美国加州定居。由于半个世纪的阔别，颇想和他取得联系。去年十二月，承一位诗歌研究者从重庆来函，告诉我纪弦在美国的地址，才试投一信。不到二十天，就收到他今年一月五日的回信，不禁提笔诌了几句打油诗：

云水深藏梦幻情，五十年间雁一声。
休问故家归也未，海涛起伏令人惊。

纪弦在他的信里，概述了五十年间的生活道路和他对诗的一贯主张。对照台湾诗人张默编著的《中国现代诗坛三十年大事记（一九五二—一九八二）》、罗青撰写的《台湾诗坛三十年》等资料看，纪弦对台湾诗坛的确产生过不小的影响。特别是一九四九年到一九五九年之间，台湾诗坛“重新回到以艺术为重的方向上，一时百家齐鸣，……而其中以纪弦的‘现代派’声音最为响亮。由于纪弦的提倡，自由诗渐渐成了最流行的形式”（见罗青《台湾诗坛三十年》，收入其专著《诗人之灯》）。这种最流行的自由诗形式，就是台湾的现代派诗的形式。但也听说，关于台湾的现代诗，曾引起激烈的争论，具体细节我还不十分了解，只知道台湾诗坛的争鸣，有一个值得大陆诗人反思的特点，即关于“诗”的争鸣并不转化为“人”的矛盾。例如纪弦与覃子豪之间有过争鸣，洛夫与余光中之间有过争鸣，然而他们之间的友谊却未因为争鸣而疏远，而破裂。这是经常使我感动的。纪弦的性格是爽朗的，心直口快，有啥说啥，不大计较个人的利害得失，但他的艺术观，一经定形，便不易改变。在这封信里，有一点值得研究者注意，就是他虽提倡“现代派”，只是在写作技巧上，但他在诗的内容上、诗的意境上，却反对“晦涩”，反对脱离现实，淡化“主题”。他虽主张“横的移植”，反对“纵的继承”，但西方现代诗过分晦涩的作法，他似乎也不主张“移植”，对于“传统”的“格律”，如诗的押韵问题，他也并非绝对反对，他有些诗仍然是押了脚韵，铿锵有声的。他不同意我说他又“回归传统”了，那是从整体上看问题，因为他的诗是一贯反对传统的格律的。可是，他并不“反中国文化传统”。证以他的诗句：“我的故国也茫茫/我的家乡也茫茫。”（写于美国的《茫茫之歌》）他也是并未改变“我的中国心”的。当然，不同的存在决定不同的意识，不同的信仰，这也是可以理解的。听说由徐迟同志写序的《纪弦诗选》（暂定名）将在大陆出版，我很高兴，广大的读者可以借此印证纪弦的话：

我永远是一个“现代主义者”，但我是“中国的现代主义者”，而非英美的或法国的。

附函　纪弦致吴奔星

奔星兄：

（一）忽然接到你于去年十二月二十七日来信，高兴得不得了。先谈生活经过，再谈诗。（二）一九三八年初在长沙分别后，我就带着一家人到了贵阳，又去昆明，然后于一九三八年下半年到了香港。太平洋战争发生，香港沦陷，我们就在一九四二年夏回到了上海。我一直在教书，写稿，生活十分困苦。抗战胜利后，一九四八年底，我全家赴台。一九四九年开始执教于台北有名的成功中学，生活才安定了下来。一九七四年春，因病退休。一九七六年底，移民来美，定居加州。（三）我在大陆时，一向主张“新诗”必须成其为“新”诗，诗而不新，则不得称之为“新”诗。我在苏州办《诗志》，你同章伯兄在北平办《小雅》，望舒兄在上海编《新诗》，我们大家都写“自由诗”，而反对“格律至上主义”。后来卞之琳等不也都放弃了“新月派”的成见而向你我看齐了吗？这就是“早期现代派”的胜利。迁台后，一九五三年我创办《现代诗》季刊，一九五六年组成“现代派”，发动“新诗的再革命”，一脚踏熄了“格律至上主义”死灰之复燃。我登高一呼，万方响应，乃成为诗坛之祭酒，为青年们所拥戴，那便是我一生事业之巅峰。后来台湾的现代诗变得十分晦涩，否定主题，以无所表现为前卫，使我大为生气，一怒而连写多篇论文，把这种虚无主义的偏差纠正了过来，遂造成一个万紫千红共存共荣大植物园主义下之新诗坛，这便是“后期现代派”之一大成功，而我也不必否认我自己的功劳了。至于你信上说我又“回归传统”了，这话不对。我永远是一个“现代主义者”，但我是“中国的现代主义者”，而非英美的或法国的。至于从前我们那句“反传统”的口号，乃是“反浪漫主义”之意，而非“反中国文化传统”，不可误解。

（四）好了，下回再谈。手头有一部最新的诗集《晚景》，和信一同寄你。祝福。

弟　纪弦

一九八九年一月五日

（原载《花城》一九九〇年第三期）

迟发的哀思

刘延陵先生去世了！噩耗传来，使我震悼不已。刘先生是一九八八年十月十八日去世的，迟了三个多月我才得悉，感到非常遗憾。最大的遗憾是，他竟未能目睹他为之题辞的《中国新诗鉴赏大辞典》的问世。他的"题辞"是以书信形式去年寄给我的，因为较长，像一篇文章一样，我曾与他函商，拟删节若干。他回信说："要么用，要么退回。"那时，他已是九十四岁的高龄，然而，听其语气却像青年人那么干脆、利索。为了尊重他的意见，便摘取他来信前面的三点意见，一字不删，按年龄为序，与冰心、冯至、臧克家、艾青、贺敬之等老诗人的题辞，一同刊于卷首。至于信的全文，收入我为他写的《刘延陵晚年论诗、改诗与写诗》一文另外发表，并函询他还有什么意见，但一直未见回信。等了三个多月，才获悉他已长辞人世，现在想来，我的信到之时，他当在病中，但愿他在弥留之际，同意了我的处理。

刘延陵先生是“五四”时代的诗坛老将。他是我国现代新诗史上第一部诗刊《诗》（一九二二年一月十五日出版）的主编人之一（其他二位是朱自清和叶圣陶），也是现代主义法国象征派诗论的最早引进者。从那时起，他一直关注中国新诗的发展，为新诗的成长与发展做了不少向西方诗歌的借鉴工作。他的中晚年是在新加坡度过的。当我去年函请他题辞时，他很快寄来了上述的书信体文章《我对中国新诗的杂感》。现将文中三点意见，摘抄如下：

> 一、我觉得七十年前我国的新诗崛起之时，它总共负起了“返古”与“创新”两种使命。因为这两种主张都很合理，所以新诗挣扎了一个时期之后，终被社会接受，现在已有可观的成绩供人欣赏了。
>
> 二、诗意的明朗或朦胧都有优点与劣点，主张每首诗都应明朗或朦胧，是不合理的。我

们必须根据一首诗的内容来规定它的意象是应该显露还是隐约。如果这首诗表白热烈的主张,激昂的情绪,它是不得不坦白明朗的;如果它要表示和婉的态度,它就必须含蓄而朦胧了。

三、新诗的姿彩比旧诗词丰富,但旧诗词里仅仅用一个锻炼得精妙的字就能表现出生动意象的那一种写作法,新诗似乎都不容易发见。

刘老的这三点意见,对于考察新诗的历史以及新诗的写作与鉴赏,都是有所启示的。对于青年一代,可能对第一点的"返古"感到隔膜一些。据我理解,所谓"返古"是指新诗的倡导者们,一方面为了创新,要借鉴西方;而另一方面也继承了古代诗歌的一些生动的语言和技巧,如《诗经》中赋比兴之类的艺术手法,新诗的倡导者们还是当作历史使命继承下来的,在文学革命中只是彻底解放了旧体诗的格律,新诗的崛起并非从零开始。因此,刘老所说"我国的新诗崛起之时,它总共负起了'返古'与'创新'两种使命"，是符合历史事实的。

至于他发表的关于诗的"明朗与朦胧"的观点，表明刘老晚年是关注祖国诗坛的论争的。不论他的观点是否符合今日诗坛的实际，他的那颗向往祖国的心，他的那份热情洋溢的"参与意识"，是值得尊重与欢迎的。

至于刘老关于新旧诗的比较，意在吸取旧诗的营养，促进新诗的完美，对新诗也是很有启发、很有现实意义的。

我没有见过刘老，面对墨迹犹新的手迹，心情是十分悲痛的。但愿这份迟发的哀思，能使刘老更好地安息。

一九八九年一月二十五日于南京

（原载《羊城晚报》一九八九年二月十八日）

一九九〇年

真正的学术带头人

新中国已逾“不惑”之年。我与王瑶同志之间，由于某些客观原因，有五分之三的时间，仅知其名，未见其人，只是他的著作的读者。到“四人帮”垮台，拨乱反正，我约他为徐州师院编的《中国现代作家传略》写自传，但他一直谦逊，迟迟没有交稿。一直到一九七九年一月，中央教育部高教三司为北京大学、北京师范大学和北京师范学院三校的中国现代文学教研室协作编选的《中国现代文学史参考资料》召开审稿会，我才和他在北京大学会面，在会议上共同发起中国现代文学研究会，并顺便重申前请，促使他写了一份自传。他的自传很短，像一张不完全的履历表，流露出内在的谦逊，羞于自吹自擂，不像某些作者连办黑板报的经历，也写进了自传。自此以后我与王瑶同志见面的机会就多了起来，由于许多学术会议的安排，北至包头，南至海口，西南至昆明、成都，北至天津，西北至西安、太原，东北至哈尔滨、大连，几乎每年或隔年都要见面。如今，打开历年的影集，和他合影颇多，笑容宛在，謦欬难闻，能不凄然！

王瑶同志是以《中国新文学史稿》一书开创他

一九八二年五月底，在海南参加中国现代文学研究会第二届学术讨论会的吴奔星(左一)与王瑶(左二)合影，左三为许杰，右一为田仲济

在中国现代文学史研究领域中的领先地位的。除此,他还有关于中国古代文学的著作,显示他学力深厚,博古通今。他是新中国第一代的现代文学史家,三十多年来培养了好些中青年学者,影响及于海内外。清代的史学家章学诚曾标举才、学、识为治史“三要”,即做一个史学家要才、学、识兼备。我读了王瑶的《中国新文学史稿》,曾调整了一下次序,改成学、识、才,还加了一个“德”,把“学、识、才、德”作为治史的四个条件。我觉得王瑶作为现代文学的学者具备这四个条件。他的著作也具备“学、识、才、德”这样四个特色。

所谓“学”,对他的“人”来说,指学养丰富;对他的“书”来说,指具有学术水平。王瑶在新中国成立初期的历史条件下,算得上充分掌握了有关现代文学的资料,然后他的著作才超越了同类著作的水平。

所谓“识”,既是指王瑶在编著过程中对所掌握的资料的严加识别,更指他是首先试用马克思主义的立场、观点和方法去使用资料的。有的同类著作

“学”重而“识”轻，或“学”轻而“识”重，王瑶则能二者兼顾，妥为搭配，力避畸重畸轻之弊。

所谓“才”，是指一个史学家在文学史的整体结构上，要有所发现，有所发明，能把宏观的博览与微观的剖析，纵横交织，条理分明，比较鲜明地反映现代文学的发展规律与历史进程，显示一定的创造性。我们从王瑶的《中国现代文学史稿》的章节标题看，他是惨淡经营，煞费苦心，显示出较高的史才的。

所谓“德”，指作为一个历史学家对历史人物和事件的收录是否恰当，评析是否公允，能否反映文学史的发展历程和整体面貌。在这方面，我们是有过历史教训的。如北齐的魏收受命修撰廿四史之一的《魏书》，竟借修史之机，酬恩报怨，夹杂主观成见，歪曲了客观历史，成书后，引起非议，被称为“秽史”。王瑶的《中国新文学史稿》，对现代文学史上的史实、作家与作品，哪些该多讲精讲，哪些该少讲不讲，以及在评价的分寸上，虽不无可议之处，主观上都是扣合当时的历史条件，力争反映中国现代文学史的真实面貌的。

当然，我也不是说王瑶同志的著作就十全十美了。在新中国成立初期，由于现代文学的资料尚未充分发掘，难免产生对作家作品的遗漏或褒贬失当的问题。这是历史条件的限制，是完全可以理解的。但是，他在中国现代文学史上的探索与研究的道路上，毕竟起了前人栽树、后人乘凉的重大作用。自培养研究生制度执行以来，从领导到学术界都重视学术带头人。在现代文学领域内王瑶具备学、识、才、德，他是无愧于一个称职的学术带头人或引路人的。他以学、识、才、德影响了全国范围的学者，尤其嘉惠了青年学者。我从事现代文学研究超过了半个世纪，每遇与现代文学有关的学术工程，总是想到王瑶同志，如编辑《中国现代作家传略》（四川人民出版社出版）或《中国现代文学辞典》（中国矿业大学出版社出版），我都建议编者借重王瑶同志的道德文章。在他生前，我曾多次邀他到江苏讲学，都因时间和地点不凑巧，迟迟未果所愿。自以为来日方长，请教有期，不意噩耗惊传，哲人其萎，岂能以“遗憾”一词表达哀思于万一?!

一九九〇年四月十二日于南京

附记：

一九七九年，我编《中国现代文学家传略》，向王先生约稿。他在复函中说：“大函已接奉多日，迟复为歉。因感到自己既非作家，又无值得补充之内容，苦于无从多写，致迁延甚久。今又接《传略》编辑组函促，乃勉力拉长，另写了一份，其实仍是流水账，盖经历本极平凡，只能如此。”可见王瑶先生之谦光照人。

（原载《王瑶先生纪念集》，天津人民出版社一九九〇年）

引领新潮的人

——忆适之先生

我的大学时代，有两位老师：一是直接发动文学革命，以白话诗作为文学革命的突破口的胡适之先生；一是积极响应并推动文学革命的钱玄同先生。钱老师当时是北平师范大学国文系的主任，胡老师是当时北京大学的文学院院长，同时兼任北平师大的教授，为我们讲佛学的历史。

我和适之先生发生联系，并向他主编的《独立评论》投稿时，只有十九岁，还是一个极其幼稚的青年。当时适之先生的家住在北平东城的米粮库四号，距我住的地方北平西城的琉璃厂相当远，适之先生约我去谈谈，时间往往是星期六或星期天的下午三四点钟左右。而这些时候正是我自己和朋友需要利用的。加以震于他的学者的声名，每次去总是怯生生的，心情有些封闭，原来准备要说的话，都未能畅所欲言，所以去的次数屈指可数，每一次去只是惊讶他的藏书的丰富，以有涯的生命追逐无涯的学海，诚有庄生所说的“殆矣”之感。

我和适之先生达到比较熟悉、可以随便谈天的阶段，是我到了大学高年级，他为我们讲授“中国禅宗的起来”的时候。“中国禅宗的起来”是一次系列性的学术讲座，连讲四个星期。适之先生说他没有现成的讲稿，请北平师大文学院院长黎劭西先生指定两名“快手”学生作记录。劭西先生便指定我和另一位姓何的同班同学当场记录。我们坐于适之先生左右，只见一个能容一二百人的教室，坐得满满的，还有不少英美人士与留学生，窗台也成了座位，甚是济济一堂，挤得水泄不通。劭西先生主持首次讲学会，他说，这是师大建校以来一次盛况空前的讲学，而听众的踊跃已替他对适之先生表示了热烈的欢迎，他也无需多加介绍了。通过这次的系列讲学，我开始认识适之先生治学和讲学的一些特点或特色：一、他的确是学贯中西，博闻强记。他穿插那么多佛经故事，让人听来聚精会神，兴趣盎然。

二、他长于词汇，不拖沓，不累赘，虽然是系列性讲座，却不重复，一以贯之，条理明晰。三、语言富于通俗感、幽默感，重点突出，而又一气呵成。四、引文清晰，如数家珍，从不拖泥带水，含糊其辞。五、照顾外宾听众，穿插英语，使所讲内容更为明确生动。我从师多矣，而讲演艺术超越适之先生者，盖未之见也。他讲完之后，我们整理成文，约五六万字。他约我到他家共同删补，约经过三小时之久，然后完稿，首先由北平师大付印，作为教材，后来收入他的学术专著，仍保留记录者的姓名。这次记录获得适之先生点头的次数最多，但不久，他便对我摇头了。

那是一九三六年前后，我和诗人李章伯主编北平《小雅》诗刊，一时之间，得到李金髮、戴望舒、施蛰存、柳无忌、罗念生、纪弦（路易士）、李长之、水天同等前辈或平辈的支持。由于《小雅》的基本倾向和他倡导的白话诗不同：一是许多诗不押韵；二是许多诗由于运用象征、暗示的手法，不太好懂；三是其时正值七七事变前夕，《小雅》主张“国防诗歌”。

适之先生见了，便默尔而想，只是摇头。加以当时有一位陈子展先生在上海提倡“胡适之体”的新诗，而我在北平却写了一篇表示异议的文章，认为新诗的发展，不应限于一种诗体。适之先生见了，更是摇头。不久，发生七七事变，开始全面抗战，我与适之先生也便各自东西。直到他去世之后，由于两岸文化交流，开始重读他的著作，他的学者的形象又重新矗立于我的心头。我始终认为适之先生是一个令人怀念的学者，我和他的政治观与文艺观虽有分歧，但他毕竟是我的先生，自当以师礼事之。在他诞辰一百周年之际，为了纪念他在诗学方面的成就，我辑录了他的诗学观点，编为《胡适诗话》一册，收入我主编的《中国现代诗话丛刊》，和已出版的《鲁迅诗话》、《沫若诗话》并列，即将由四川文艺出版社出版。这套诗话，一律按年代先后排列，便于查阅某位著名诗人的诗学主张的逐年变化和发展，与历代诗话无年代可考者相比，实开创了中国诗话史的新纪元。

适之先生去世也快三十年了。我作为他的学

生也超过了他的有生之年。像我一样健在的学生也为数无几了。昨天收到从台北寄来的《国文天地》六十六期，揭开封面，见到适之先生的头像，眼带微笑，栩栩如生。旁有适之先生的手迹：

山风吹乱了窗纸上的松痕
吹不散我心头的人影

适之先生的“人影”也因而重现我的“心头”，除写了如上的点滴回忆外，还应特别强调地指出两点：一是适之先生的不折不挠的“尝试”的精神，用今天的话说，也就是他的不断探索的精神。他为掀起一场文学革命，用白话写了不少旧体诗词，有绝句，有长短句的词，有古风，只是没有律诗，以宣传他的诗须废律、文须废骈的主张。他还用白话译述了不少英、美、波斯等国的诗，借以尝试白话诗以采取何种诗体为宜。因此，他翻译的外国诗，都是以“再创作”的精神把译诗当创作看的。他把所译一位美国诗人的爱情诗《关不住了》看作尝试白话诗的成功之作，旁人讪笑，实际是有昧于适之先生以译诗尝试白话诗的良苦用心。其次，是适之先生为坚持真理而决不让步的争鸣精神。他为了尝试白话诗，与和他同时在美国留学的梅光迪、任鸿隽、杨铨、朱经农等，有过长期的反复的争论；回国以后，又为了文言与白话的死活问题与胡先骕、章士钊等展开争论。当年的争论都是相当激烈的，但却未曾因此而有伤和气，始终没有突破友谊的界限，始终保持学者的风度。事实真正胜于雄辩，从当时到后来的历史证明：适之先生所从事的开创一代新的白话诗风的精神，是完全正确的，是顺应历史发展的新潮的，是取得了胜利的。

适之先生已作古，成了历史人物，是是非非，似尚未能盖棺论定，但是他的不屈不挠的尝试或探索的精神，他的为坚持真理而决不退让的争鸣精神，必将永远垂范人间，嘉惠后学。他也可以因此而永远含笑于九泉了。

（原载台湾《联合报》一九九〇年十二月十一日）

立足自我　放眼八方

要是有人突然问我：什么叫做人生观？你的人生观怎样？我只能干瞪眼，交白卷。不过，仔细一想，也不难回答。既然做一个人，便有各自的生存环境。立足自我，放眼八方。上下五千年，纵横十万里，人从何处来？该往何处去？思前想后，既有人和人的关系，又有国和国的关系，还有人和自然的关系。那末，所谓人生观，不外是每一个人对他所接触的人际关系、国际关系以及人和自然的关系，怎样观察、怎样表态、怎样行动的问题。有的人可从一粒沙看大千世界，有的人却只叹宇宙之大而不识沙粒之微。中老年多是前者，青少年多是后者。

以我个人而论，从教六十年，始终把“教书”当作终身职业，而把“写作”当作终身事业。二者的关系是：以“职业”促进“事业”，以“事业”优化“职业”，相得益彰，乐此不疲。

现在的我，七十已有余，八十尚不足，到了快到向上帝（其实我心实无上帝）汇报的时候了。论教书，谈不上桃李盈门，自信尚未误人子弟；论写作，也谈不上著作等身，只是精神尚有寄托而已。二者均不尽如人意，按传统的人生观自难光宗耀祖。

偶尔有父老自故乡来，动辄垂问："你在外混了六十多年，也做过什么官不？"我只笑而答之，一板一眼地朗诵两句诗："明月繁星能作证，从无一梦觅封侯。"

父老们反应冷淡，我紧接着说：我虽未能做官，却做了一个"人"，做了一个顶天立地的人！仰不愧于天，俯不羞于地。既乐观，又达观。乐观使我一向心情舒畅，达观使我戒绝痴心妄想。淡泊自处，明镜悬心。假如没有"内忧外患"，我将活到二十一世纪。"职业"虽已离退，"事业"仍当进取。如是而已，岂有他哉！

父老闻之，点头称是，笑声闻于户外，夕照满室生辉!

写于南京

(原载台湾《联合报》一九九〇年十二月二十一日)

一九九一年

如是我母

我三岁丧母，享受过母爱而不自知。母亲去世后，我由祖母抚养，直至国民小学毕业。据祖母回忆说，母亲病危时，示意把我叫到床头，断断续续地对我说："妈要走了，我只舍不得你。"我说："我跟妈去，你带我吗？"妈说："他们要把我埋到土里头的，你不能去。"我说："我用小锄头把你挖出来。"妈摸着我的头顶，泪水封闭了她的眼睛。但是，我没有流泪，还不懂生离死别之悲痛。不久，妈死了，家里为妈办丧事，我也不懂，仍然到床头去寻妈。祖母说："妈走了，不能带你去。"我哭了。祖母用几个炮竹哄我，拉扯着我到大门外放响炮。响一下，我蹦一下，笑了。母亲死后，据祖母说，我几乎每夜都在"我要妈"的哭声中，或者睡去，或者惊醒，过了较长时间，习惯了祖母的爱抚，才停止了哭，但祖母仍不敢问我“想妈不”，怕我号啕。

母亲在外祖父家读过书，能看旧小说，也能看报纸，我们乡下有挪威国的传教士，办了一所信义小学，母亲与父亲因为有点知识，都被雇去当教师。据说他们受过洗礼，成了基督教徒。传教士在家乡盖了一座福音堂，占地约一百五十多亩。有一间可容五百人的礼拜堂，有一个可踢足球的操场，一边临大路，靠里盖了几座二层楼房，是教室和宿舍，特别令人瞩目的是一座高耸云霄的哥特式尖顶五层楼房，是外国牧师的高级住宅，闲人是免进的。据说牧师们可以定期登楼目睹天堂。老百姓竟信以为真。

我的故乡是湖南资水下游的山区，老百姓很穷，看见这么一座福音堂，既惊讶其神奇，又羡慕其富丽。资水每年夏天因山洪暴发，到达东坪镇（今天的安化县城）便酿成泽国，人畜死亡，瘟疫流行。传教士便利用这个时候代表上帝，大施仁政，赈济灾荒。凡信教者都可得到救济；一般沿门乞讨的灾民，每天也能分到三餐稀粥。这样传教士颇受好评。老百姓都说“老外国”（挪威国的谐音）做了好事，信教的越来越多。因为信教者到灾荒年头有饭吃，人们便称信教为“吃教”。我的父母因为是乡村的小知识分子，又当上信义小学的教师，比一般“吃教”者高了一个档次。我就是出生于福音堂的。听说教会养了一批奶牛，母亲因缺奶，我便改吃牛奶，直到断奶的时候。传教士们还有从西方带进山区的罐头牛奶，也经常给我吃。我吃过不少，都称我为“牛奶筒”。“牛奶筒”便成了我的乳名，一直被呼叫到十来岁我离乡背井为止。

当然，教会布施的“仁政”是有限度的。母亲一死，父亲也就失业了，全家搬出了福音堂，回到祖传的几间木屋，跟砖瓦结构的西式楼房相比，自有天壤之别。父亲带着我们兄弟回到老屋，如从天堂回归人间，不再“吃教”了。据父亲说，他与母亲“吃教”，并非信仰上帝，不过为了养家糊口。他们倒是受过孔子学说“祭神如神在”的影响，认为上帝也罢，祖宗也罢，都是心理作用。天上既无上帝，人间也无鬼神。如果有，都是心理作用，导致自欺欺人。当时，父亲还不知什么叫“无神论”，但他实际上却是真正的无神论者。母亲死后，他身体不好，而我们兄弟都在外为未来的衣食奔走，不能照顾他，他只好续弦，娶了继室。我们兄弟在感情上都不能接受，但在道义上仍然在父亲去世后照料继母生活，直到她去世之日为止。感情之为物是很奇特的，尽管我对生母毫无印象，回想起来，却是“祭神如神在”，心理上有一个具体的母亲。继母呢，尽管她在我家生活二十多年，却始终建立不起母子之情。父亲保留了生母的一张照片，经过放大，眉眼模糊了。在照片下面，父亲写了四个毛笔字：“今也四十”。母亲逝世于一九一七年，刚满四十。祖母说，我很像妈。所以我至今保存着妈的遗像。我视息人间快八十年了，超过母亲的生年一倍。要是可以代替她的话，我要代替她活够未尽的天年。可惜我记不得妈的音容，妈当然也不认识白发苍苍的小儿子了。即使人有灵魂，也互不相识。今天，常常听说让某人活在心中，其实，谈何容易？但愿天下为人子女者趁父母在世，多多关心他们的物质生活和精神生活，至于死后活在子女的心中，且不去说它，说也是白说。因此，我的三岁失母之痛，是难以言传的，姑以一绝作结：

浩大天无极，从来喻母恩。
浮云游子恨，不识未归魂！

一九九一年二月十一日于南京师范大学

（原载《我的母亲·新三辑》，香港中国文化馆，一九九二年）

纪弦的天真与直率

最近承台湾著名诗人张默赠送所编台湾现代百家诗选《感月吟风多少事》一册。张默在导言中说："中国现代诗在台湾的发轫，应以纪弦于一九五二年八月在台北独资创办的《诗志》开其端，……其对新诗运动种子的散播，似乎具有决定性的因素。接着在次年(一九五三)二月，纪弦又独力创办《现代诗》杂志，立而引起文学界更广泛的注意。从此，'现代诗'这个名称也就确定了。纪弦借'现代诗'的号召，……确实给予当时诗坛以极巨大的冲击，……的确培植了不少新人。……一九五六年是一个不平凡的年代，纪弦借'现代诗'的号召，于元月十五日在台北成立'现代派'，加盟者先后共一百零二人，诗坛高手几乎全被网罗，声势不可谓不浩大。'现代派'的创立，的确把中国新诗运动带到一个空前的蓬勃期。"这是张默追述台湾新诗发展的历史时对诗人纪弦所作的介绍，是我与纪弦隔绝了整整半个世纪后所听到的关于他的确切的信息：这和今年一月第一次收到纪弦从美国来信所述的别情，大体是一致的。

纪弦在三十年代和我有过较为密切的交往。几十年来他写的诗比我多，也比我好，在海外产生了广泛的影响。但我今天不拟评论他的诗，只想谈谈他之为人。因为"为人"与"为诗"是一致的。了解他之为人就更能了解他之为诗。

纪弦原籍陕西，出生河北，家住北京，青年时期多在扬州、苏州、上海。他填籍贯往往是扬州，有时也说是上海。我却一直认为他是苏州人。因为三十年代他同我交往时，全家住在苏州。他那时写诗、办诗刊，也在苏州。

纪弦留给我的突出印象是"天真"与"直率"。我一见到他，便联想起孟子的话："大人者，不失其赤子之心者也。"纪弦当然不是"大人"，相反，他的性格同孟子说的另一句话差不多："说大人，则藐之，勿视其巍巍然！"就是说，同官场的"大人先生"

打交道，要藐视他们，别被他们那种高不可攀、大模大样的架势所慑服。因此，我把孟子说的话改成了“诗人者，不失其赤子之心者也”。这不仅适用于纪弦的青少年时代，从他的来信看，也适用于他的老年时代，他那颗“赤子之心”，也就是天真、直率的心，是终其一生的。正是由于他永葆一颗赤子之心，便对人生对自然经常有新鲜的感觉。这便是他的诗的灵感的来源。

纪弦是他几十年前用过的笔名。他原名路逾。最近来信还说用“纪弦”做笔名的原因。他说：“最初的动机是想胖，因我太瘦了。于是翻字典，找到此二字，觉得尚可，就用了。但用了几十年，至今还是那么瘦，一点也胖不起来，怪哉?”试听！年逾古稀的纪弦，说起用笔名的原因时，口气还是那么天真！五十年前，他是“瘦高条”，我要抬头才能窥见其眉宇。他也许是怕我自惭形秽吧，便解嘲地说，他有一次在上海国际饭店乘电梯，几位欧美人也要向他仰望。言下，嘻嘻一笑，像个天真的孩子，似乎老迈的“东亚病夫”一下子返老还童，有一种民族的自豪感与自尊心，从他身上喷发出来。五十年过去了，他从美国寄来的信，还说经常拿出与我和李章伯的合影看看，并且说：我比章伯“高”，却不如他之“长”。李章伯是三十年和我主编北平《小雅》诗刊的老诗人，现年八十二岁，去年夏天从台湾来大陆探亲，曾合影留念，并寄纪弦一张，他提起“高”与“长”，大概尚未忘记当年欧美人仰望他时所产生的豪情逸兴吧。

在中国，职业文人很少。纪弦可以称为现代中国的职业诗人。他在旅居美国后，在所写《勇者的画像》一诗中直率承认：“因为我的活着，就是为了写诗。”这是他为诗艺而献身的誓词。自然，诗人也不能枵腹写诗。为了生存，纪弦也工作过。如教书、编刊物之类的工作，他也干过，但为时都很短，缺少一贯性或连续性。连续不断，数十年如一日的，只有写诗。他是当之无愧的职业诗人。若问他何时开始写诗，他往往微笑地说：“写诗和初恋是同时开始的。”说得多么天真，多么耐人寻味！仔细想来，他的幽默性的笑谈比直接回答具体的年月更加准确。因为“初恋”是情窦初开的标志，而诗是从抒情开始，并以抒情为本职的。情窦初开之日正是诗兴勃发之时。纪弦写诗正是把握了这个最佳的起点。

纪弦其所以能以“初恋”作为写诗的起点，其秘密在于深入“初恋”而又超越“初恋”，从一定的美感距离回顾“初恋”的情怀，而后诗兴勃发，诗潮汹涌。大概是“初恋”不久，二十刚刚出头吧，纪弦写过一首《脱袜吟》。这是他摆脱格律诗的束缚，试写自由诗的开始。诗分两节：

何其臭的袜子，
何其臭的脚！
这是流浪人的袜子，
这是流浪人的脚。

没有家，
也没有亲人。
家呀！亲人呀！
何其生疏的东西呀！

这首诗于三十年代曾广为传播，但是，贬多于褒。到了八十年代仍为某些论者所讥笑。自然，《脱袜吟》只不过是一首失业青年哀叹生活艰难的小诗，应该如何评论呢？评诗是一项严肃的触及诗人心灵的工作。对于《脱袜吟》进行认真的鉴赏，并予以公允的评价的，据我所知，台湾的诗评家舒兰应是第一人。舒兰指出："这首诗的好处，在于直率，在于有普遍性。它道出了流浪者的孤伶和四海为家的凄苦生涯。"这是切合诗的内容并令人悦服的诗评。舒兰认为纪弦早期的诗，"接受了法国象征派和美国意象派的影响，从而，创造出个人的独特风格来"。的确，《脱袜吟》是以意象的含蓄和象征的技巧取胜的小诗。其好处，就"在于直率，在于有普遍性"，在于表现了三十年代广大青年为寻求个人出路而流露出来的苦闷心情。意象的亲切、语言的通俗、节奏的自然，取得了深入浅出的艺术效果，最后一节确实道出了流浪者的孤伶和四海为家的凄苦生涯。虽然信手拈来，未免粗俗，却令人觉得直率、亲切、自然，引发情绪的共鸣。不是在寻求出路中碰过无数钉子，不是在流浪的生涯中行过万里路，是写不出这样的诗，也读不懂这样的诗的，《脱袜吟》是纪弦为自己，也为遭际相同的青年，写的一首流浪人之歌。诗的结尾凝聚着何等深沉的感受！奇怪的是，它从三十年代到现在却遭到某些人的嘲弄！

一九三七年七七事变不久，北平沦陷，上海、南京相继变色。纪弦被撵出人们称为“人间的伊甸园”的苏州，携老扶幼，沿江西窜，过九江、武汉，到达长沙。那时，我也刚从北平逃出，在长沙一所中专混饭吃，每月一百二十元。由于物价尚未腾飞，勉可维持几位流亡的亲友。纪弦到长沙，正好李章伯也在长沙，由我安排在一家旅馆，每日三餐，六菜一汤，宿费在内，月仅十元。今天听来，如读上古史，如听天方夜谭，但在抗战初期，却的确如此。纪弦初到长沙，大约是一九三七年冬天。他把家属送往贵阳之后，又折返长沙，说是去武汉讨账，便和李章伯同住一个旅馆。我问纪弦：不远千里而去武汉讨账，究竟可以要回多少钱？他掐指一算，收支相抵，与往返旅费相差无几。我与章伯都不禁哑然失笑，他真是不懂得生活的书生气十足的诗人。

纪弦在长沙逗留的期间，什么都习惯，唯独上厕所成了难题。当时长沙的机关、学校、旅舍的厕所，一般都是蹲坑，不同于江南苏州、无锡一带的红漆马桶。粪坑很深，上架木条。坑深尿多，光可鉴人；捂鼻忍受，顿生窒息之感；否则，便要恶心呕吐。纪弦久居江南，一"久而不闻其臭"的名士派，自然望而生畏，却步难前。此事虽小，却须快速解决。只好由我亮出满口多年不讲的长沙方言，和老板娘商量，把她陪嫁的红漆马桶借来应急。纪弦也真天真，马桶一般藏于门角落，而他却要置于屋中央亮相。我回忆中的纪弦，和他寄来的照片里坐在摇椅上晃荡的纪弦，不仅有年龄上的老少之别，也有风度上的缓急之分，但是，天真烂漫似是一以贯之。

自一九三八年春初在长沙分别后，就不知纪弦的下落。想象他在外寇追逐和生活辗转之中，连《脱袜吟》之类的小诗也写不出来了。可能在"君子固穷"之时，实现了孔子的理想："道不行，乘桴浮于海"吧，这是半个世纪以来，我对纪弦的一贯怀念与推测，直到八十年代初期，才听说他在台湾，开创了新诗的"现代派"，后来又从所谓"横的联系"，回归所谓"纵的继承"，而所谓"回归传统"了。所遗憾者，全是道路传闻，语焉不详。直到台湾当局同意台胞回大陆探亲之后，我先后会见几批台湾诗人，才知道纪弦真的已从大陆"乘桴浮于海"，在台湾从事新诗运动，并产生了如张默听说的影响。加以又从友人处获悉了纪弦在美国的住址，使我与纪弦之间恢复了联系，从他的亲笔来信中才知道，早在一九七六年年底，他又一次"乘桴浮于海"，到美国定居了。纪弦的来信对我真是"特大喜讯"，提笔写了一首打油诗："云水深藏梦幻情，五十年间雁一声。休问故家归也未，海涛起伏令人惊。"谁知看完他的信，才知江山易改，本性难移，纪弦还是那么直率。在谈到他在台湾搞新诗运动时，劈头一句便是："你说我又回归传统了，这话不对，我永远是一个现代主义者，但我是中国的现代主义者，而非英美的或法国的。"好家伙，性格不改当年，年老而童心犹在，实在令人欣慰。我祝愿他健康长寿，利用第二次“乘桴浮于海”，在美洲掀起一次具有中国特色的现代主义新诗的高潮。

（原载《诗神》一九九一年第五期）

忆陈瘦竹先生二三事

陈瘦竹同志离开我们快一年半了。他的形象经常出现于脑海，总觉得他还在亲属中、朋友中，并未辞别这个他曾热爱过的世界。我与他是老朋友，他长我三岁多。我们一同迎接了新中国的诞生。从相识之日起，也已三十多年了。不过，我在三十年代就读过他的不少作品，知道他是创作与理论并重的作家。因为当时我在北平，他在南京，彼此没有见过，便从他的姓名悬想其风采。他既名瘦竹，想来是个子高而潇洒，并具有诗情画意的风采和高风亮节的品德。及至五十年代中期把晤于南京，始觉我的悬想，并不完全符合实际。在品德上他确是高风亮节、敦厚朴实的学者，而在形象上则是中等个儿，稍微偏胖的。至于他青少年时代是否瘦削如竹，则不得而知。当时他是南京大学中文系教授兼系主任，我是南京师院中文系教授，正为本科高年级学生开出新诗专题讲座。一九五六年秋，他邀请我指导南京大学中文系将要毕业的几位爱好新诗的同学撰写毕业论文。为此，我与他畅谈过好多次。在言谈中，我发现他是一位极其严肃认真而又富有事业心的学术带头人。他善于发现人的长处，又善于使用人才。我为他的热情所感动，接受了他的聘请，同意指导三至五人的毕业论文。时间过去三十余年，几位同学的姓名差不多都忘了，只记得一位由我指导抒情诗的研究，而倾向于艾青的学生叫骆运启，其他一些也想不起来了。当年我指导南大几位学生写毕业论文，采取有分有合的方式：凡遇普遍性的问题，就合起来座谈；只有个别性的问题，就分别面谈。不论分与合，我都举一些例子，以示有诗为证，力避空谈胡扯。经过半年多的时间，关于诗的一些理论问题，都沾了些边，有的还谈得比较深入。我很感谢瘦竹同志给了我一个教学相长的机会。当时的毕业论文的指导，颇与我在八十年代初期指导研究生相仿佛。只因一九五七年的那个不平凡的春天来得突然，党为了整风，发动群众大鸣大放提意见。因会议较多，指导毕业论文的工作，只得由经常性改为断续性；随着反右的深入，断续性就转化为停顿性。师生关系原是亲密无间的，因运动性质的转向而出现了裂痕。我因指导毕业同学骆运启研究艾青，而艾青作为研究对象，又较早被定性为右派，消息传到南京，被指导的其他学生便对我反戈一击，加以艾青的研究者骆运启和我这个指导者还被群众揭发出所谓其他的问题，于是我们三位——艾青、我和骆运启——原本是不相干的，竟然先后被划成了一派——右派。陈瘦竹同志是否受到此事的连累，我从未探听过；至于我与艾青以及运启之间，更无从互通信息，只能从自己推想他们，也会像我一样，到过该去的地方，受过该受的磨难，这是“共性”，当然还有个性就难于一概而论了。所可一概而论者，那就是最可感念的党的十一届三中全会，万象更新，拨乱反正，我们都或迟或早获得了改正。我虽不知道艾青和运启（现名骆寒超）的详情，却也先后喜读艾青的《归来的歌》和骆寒超的《艾青论》。到一九九一年八月下旬，“艾青作品国际研讨会”在北京隆重召开，我应邀与会，与隔绝近半个世纪的艾青终于握手合影，也见到了骆寒超同志对艾青作进一步研究的论著。所遗憾者，瘦竹同志已作古人，未能共享愉悦之情。好在当年他所选拔的学生骆运启，几经磨难，已成为当代中青年学者，而且还在发展，万里鹏程，未可限量，瘦竹同志有知，当可含笑于九泉了。

瘦竹同志是一九九〇年六月二日去世的。他在所经历的新时期十年，教学与科研取得了前所未有的成就。这个十年我与他是经常见面的。我和他都是搞现代文学的，凡是中国现代文学研究会、鲁迅研究会、郭沫若研究会以及江苏省鲁迅研究会、中国作家协会江苏分会等开会，往往不期而会。北至哈尔滨，南至海南岛，更多的是北京和南京，无不因开会而团聚。我们在饭前饭后，会前会后，随意聊天，毫无主题先行的自由谈，真是谈笑风生，不知老之已至。当然，在谈天的过程中，我也发现他的视力更加衰退了，而听力却特别灵敏，记忆力之强尤其惊人。我每次遇见他，他只见我模糊的身影在前，但只要叫他一声瘦竹同志或陈老，他立即响应，叫出我的名字，热情溢于言表。他这种能以声音辨人的本领，可能只限于亲属和比较熟识的朋友，但我的听力和记忆力却远不如他。特别令人惊奇的是，有一次江苏鲁迅研究会召开年会，请他首先发言，他的讲稿是打印出来了的，但他并不看讲稿，用很自然的语调，论述鲁迅的文学成就与思想发展，连夹注在《鲁迅全集》第某卷某页，他也清楚无误地说出来。他这种惊人的记忆力，恐怕要远远超过司马迁所描述的屈原那样博闻强记的水平。不少听过他讲课的中青年学者或学生告诉我，说陈老讲课向来不看讲稿，丝毫没有“背书”的生硬气，而是口若悬河，滔滔不绝，非常自然生动。这就可以想见他平时读书用功之勤奋，积累之丰富，才能在讲学和讲演中，收到如此头头是道、如数家珍的效果。这是他的独特的本领，也是他的一种独创的艺术。

　　更令人钦敬和缅怀的是，瘦竹同志在新时期十年中的成就，特别表现在话剧研究和戏剧理论的探索上。他一去世，我才体悟到：当代的话剧界或戏剧界乃至影视界，理论工作是颇为薄弱的。我们可以屈指数出若干个剧评家和影视评论家，但数不出几个戏剧理论家。我于戏剧创作及其理论是十足加一的门外汉，但阅读一些同志介绍瘦竹同志在戏剧理论方面的成果，不仅很受教益，也极表钦敬。他的代表作是《论悲剧和喜剧》，这是一部论文集，据说是七十年代末到八十年代初用五年左右的时间写的，但其深厚的积累却是从四十年代就开始了的。他对于欧美的悲剧和喜剧理论广收博取，形成他自己的理论体系。全国解放后，由于他认真学习了马克思主义和毛泽东文艺思想，又对欧美的悲剧理论加以清理，批判其中的不合理部分，更深化和净化了他自己的悲剧理论体系。他通过一系列艰苦的探索表明，悲剧的本质，仍以恩格斯说的“历史的必然要求和这个要求在实际上不可能实践”的观点最为正确，符合欧美乃至中国的许多悲剧的创作实践。他根据恩格斯的观点，对郭沫若写于四十年代抗日战争中的以《屈原》为代表的一系列悲剧，进行了深入的研讨和科学的评价。在这一方面，他的夫人沈蔚德教授是他的得力助手和亲密的合作者。他们是无愧于专家的称号的。

至于喜剧理论，陈瘦竹同志也作出了独特的成绩。他立足于我国的喜剧实践，有批判地借鉴西方的喜剧理论，对喜剧的本质和喜剧的类型作了深入的研讨。由于喜剧理论在我国当代戏剧界比悲剧理论更为薄弱，陈瘦竹关于喜剧理论的研究就更为可贵。他认为喜剧的根本特征在于引人发笑。鲁迅曾经指出喜剧是把丑恶的事物（包含人物）撕毁给人看，其效果自然引人发笑。陈瘦竹从笑出发，把喜剧划为若干类型。主要有讽刺喜剧，令读者和观众对人物喷发表示鄙视、蔑视以及憎恨之情的辛辣的笑；有幽默喜剧，令读者和观众对人物发出表示善意的讥讽的笑；还有赞美喜剧，令读者和观众对人物发出钦佩、喜悦的赞叹的笑。诸如此类的喜剧类型，已超越了鲁迅当年对喜剧的界说，是富有启发性和建设性的。

在八十年代初期欧美的比较文学思潮被引进

中国，有法国学派、美国学派和苏联学派。陈瘦竹同志以严谨的态度迎接了作为一门显学的比较文学，并且写出了一些比较戏剧的论文。这在戏剧领域，也是开风气之先的。

作为中国戏剧界的前辈，陈瘦竹同志对于来自中青年后学的商榷文章，也是认真思考，热情对待的。例如郭沫若在抗战时期写的《孔雀胆》，演出效果听说是不错的。但该剧在史实上有失真之处，在人物形象上有欠妥之处，在主题思想上有不明确之处。听说周恩来同志当时看过剧本和演出之后，曾经善意地指出："剧本写得还不错，但史实值得研究，而在当时上演此剧，在意义上是不可能与《屈原》等并论的，但是否上演，请郭老他们自己决定。"（转引自一九八〇年一月十七日《光明日报》张颖《领导，战友，知音》一文）此后，郭老对《孔雀胆》作过修改，并写过一些关于《孔雀胆》的文章。八十年代初期，四川人民出版社出版《郭沫若研究论集》一书，收入了陈瘦竹同志的《论郭沫若的历史剧》一文，对《孔雀胆》作了高度的评价，说剧中的女主人公阿盖公主"是民族团结的象征，忠于爱情的典范，值得我们给予深刻的同情"。对此，有一位中年学者王晓祥写了一篇《〈孔雀胆〉质疑》与陈瘦竹同志商榷的文章。不久，王晓祥又写了一篇《我国现代文学史上的一桩公案——关于〈孔雀胆〉与〈阿盖公主〉》（均收入王晓祥《"床前明月光"新解》一书，中国人民大学出版社一九九〇年十二月第一版）。陈瘦竹同志对王晓祥同志的商榷文章是认真对待的。因此王晓祥在该书《编后絮语》中说："我非常尊敬陈瘦竹先生。陈先生学贯中西，文通今古，对我有关《孔雀胆》的请教，不以毛糙见责，反而当面给以鼓励，充分显示了一代学者虚怀若谷、奖掖后进的伟岸气度。每一忆此，敬意油然。"这些话是一九八九年十二月写的，书是一九九〇年十二月出版的，瘦竹同志当然没有见到。为了弄清瘦竹同志生前对这一"质疑"的具体表态，我曾函询王晓祥同志，他于今年九月二十三日给了我回信。他说：

> 陈先生看到第一篇《〈孔雀胆〉质疑》后，通过盛荣同志之口，说我"形而上学"。安徽大学

刘元树也对我的观点全盘否定。看到第二篇《我国现代文学史上的一桩公案》后，陈先生通过他的研究生周安华写来长信：经与陈老讨论，取得一致意见：史剧《孔雀胆》历来毁誉不一，众说纷纭。大作从研究元、明史实出发，通过郭沫若对施蛰存小说《阿褴公主》（奔星按：收入施蛰存历史小说集《将军的头》）和周恩来同志对史剧《孔雀胆》的批评，对两部作品发掘表现同一历史题材作出精细比较，并提出自己富有个性的见解，此实令人钦佩！你对有关史实的把握和分析都是无懈可击的。这是现代戏剧研究必须具备的态度。

王晓祥同志又说：

后来我又写了一篇《〈孔雀胆〉在意义上不能和〈屈原〉等同并论——向陈瘦竹先生请教》一文，发表在《郭沫若研究》一九八六年第四期上，并寄给了陈老。一九八七年我去南京，陈老对我特别好。他认为：一、过去写文章时，用功不够，看法有些偏颇，并对我的论文给予了肯定；二、他说：施蛰存大自己几岁，对这一流派，过去重视不够，现在提出来很好。

从瘦竹同志对王晓祥的回信与面谈看，他是具有学者风度的：对自己严格要求，对后辈充分鼓励。我把此事提出来，既是发瘦竹同志的潜德之幽光，也是揭示老中青学者之间一次百家争鸣的范例。

瘦竹同志虽然永远诀别了人世，但是，他的道德文章，却如南京的紫金山和秦淮河昭然在目。我

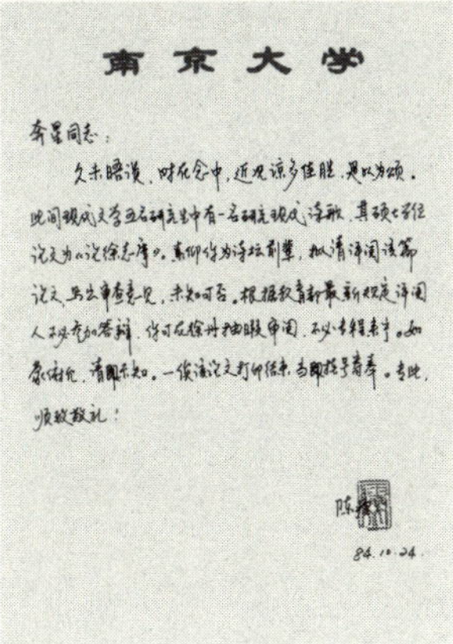
南京大学

奔星同志：

久未晤谈，时在念中，近况谅多佳胜，是以为颂。此间现代文学五名研究生中有一名研究现代诗歌，其硕士学位论文为《论徐志摩》。素仰你为诗坛前辈，拟请评阅该篇论文，写出审查意见，未知可否。根据教育部最新规定评阅人不必再加答辩，你可在徐州抽暇审阅，不必专程来宁。如承俯允，请即示知。一俟该论文打印结束，当即挂号寄奉。专此，

顺致敬礼！

陈瘦竹

84.10.24.

一九八四年十月二十四日陈瘦竹致吴奔星信函

不禁想起范仲淹《严先生祠堂记》的结尾，特略改数字，系于篇末，以示缅怀：

钟山苍苍，秦淮泱泱：
先生之风，山高水长！

一九九一年十月一日于南京

（原载《新文学史料》一九九二年第三期）

一九九二年

挥泪悼唐弢

唐弢同志逝世已半年了。除了闻讣时函唁其夫人沈絜云大嫂及其子女外，拟写的回忆文章，也因自己在春节期间患病，入院抢救，休养了几个月，未能及时握管，最近几天，先后读了其子女唐雨门和唐若霓的文章，才迫使我不能再拖延了。我是在边读边批地不忍卒读的情况下读完他们的回忆文章的。我“批”的什么呢？第一是北京某些医院对于唐弢这样饮誉海内外的专家学者，大搞论资排辈，他没有副部级医疗证，就不够资格住院及时急救，实在令后死者深感悲愤！第二是唐弢在弥留之际，断断续续地说：“……到今天才晓得人要活下去是这么难！”坚持要子女把刚刚补办的“副部级医疗证”给他看看。他捧着那蓝色封皮的小本子，久久地伫望着。唐弢的女儿若霓写到这儿,也对这“小小一张医疗证”的“姗姗来迟”深表遗憾。我批了“蓝色封皮小本子,白头鹤发大人才”,同时写了“催人泪下”;这是党对知识分子的关怀嘛!何以姗姗来迟?人民医院为人民,救死扶伤,唯恐迟误,何以坚持陈规陋习,不当机立断,加以改革呢!第三是,当我读到唐弢“在两天没有进食的情况下,为了增加一点自身的抵抗力,硬是把半个鸡蛋塞进自己的嘴里,没有唾液,也强往下咽,他知道,人不能吃东西,将意味着什么,他要活下去”这一段的时候,不禁批注于旁:人之好生,谁不如我!?一个要活的人,竟然死去了。呜呼!痛哉!悲哉!

我与唐弢同志是同龄之人,只因一南一北,以前相互交往较少;但从新时期开始,却经常在关于现代文学、关于鲁迅研究、关于郭沫若研究的许多集会上见面。他作为现当代文学史家,有许多观点,我是同意的,并且附和的。例如,他在八十年代中期曾提出“当代文学不宜写史”,曾引起一些争论,我是站在他一边的。因为他这个观点和鲁迅在二十年代五卅惨案后向青年提出的感情热烈时不宜写诗的观点，在本质上是相通的。写史需要一个史料的积淀过程，写诗也需要一个感情的冷却过程。当然，他所说的当代文学不宜写史，并不是说当代文学不要写史，我想，这是不应误会的。他只是主张要在史料经过冷处理后，把当代文学史写得更加实事求是，更加论从史出，更加准确地反映历史的真实性。其实，关于如何写作现当代文学史，他是经常谈到的。

记得在一九八二年十月底郭沫若诞辰九十周

一九八二年十一月，吴奔星（右三）与唐弢（左三）等参观四川乐山郭沫若旧居时合影

年的时候，我和唐弢同志在乐山大佛旁合影留念。当时没有自带照相机，请个体户拍照，冲洗出来的黑白相片，竟然是歪斜的，唐弢整个上身倒伏在我的身上，我曾笑着说：我成了他的依靠力量。当年拍完照后，要一同爬过凌云山，乘小火轮到乐山市再转到郭沫若故乡沙湾镇去，以便在江轮上正面欣赏乐山大佛。在爬山时，我和唐弢是与会人员中年龄较大的，都是七十老翁，许多中青年同志都跑在前头，我们成了最落后的人。唐弢由其夫人絮云同志陪着，我由一位从贵州来的青年同志陪着。我们在爬山过程中，本着劳逸结合的原则，边走，边看沿途景观。在休息时，有时也闲聊一点关于现代文学和鲁迅研究的问题。他早就有独立写一部《中国文学史》和《鲁迅传》的愿望。他认为中国现代文学史的体例分四大块，沿用已久，亟须改革。他不同意大兵团式的集体分工合作制的写作方式。他认为凡文学史（古代的或现代的）都要单独写，要写出个性来，写出风格来，写出独创性来。这就要充分掌握每一个时期和每一位作家的史料与资料。他觉得现代文学史的作家专章最难写。既要写出作家自己的历史，又要把作家个人的历史渗透到整个文学史的有关部分，使作家成为文学史的有机体，而不是互不相关的可以任意抽出来的个人传记。后来其所以提出当代文学不宜写史的主张，实在是有鉴于几十年来的中国现代文学史的写作，始终不够完善，当代文学史的写作，不妨以现代文学史的编写作为前车之鉴，不必匆忙下笔。

当我一九八八年主编《中国新诗鉴赏大辞典》时，我读到唐弢发表在《文艺报》上的《我观新诗》一文。我是很少读过他赏析新诗的文章的，一读之后，发现唐弢对新诗的艺术匠心的识别，确有高人一筹之处。比如他评论臧克家的《歇午工》一诗，话虽不多，却很精辟。过去不少新诗的选家，只重视克家同志的《老马》，却很少称道《歇午工》。经唐弢几句话一点破，颇有茅塞顿开之感。《歇午工》应该是臧克家的另一代表作，比《老马》更加耐人寻味。我便立即函请克家代为征求唐弢的意见，请他担任特约撰稿人，把他对《歇午工》的赏析选入大辞典。

克家不久回信，说唐弢已同意。我之所以选入唐弢这篇简短的赏析，并非震于唐弢的知名度，而是发现他对新诗的赏析，灵活运用了恩格斯的历史的美学的方法，要言不烦地把诗美讲透了。这正是一个真正的现代文学史家在作品的评论上，应该具备的美学修养；从而，我对他拟独立写作一部中国现代文学史，寄予了更大的信心与期待。大概过了半年多，我又读了唐弢为臧克家主编的《毛泽东诗词鉴赏》一书写的《贺新郎》的赏析，他的标题是《革命激情与儿女柔情的统一》。在这篇文章中，他为中国现代文学史的写作纠正了一个极左的观点，尚未引人注目，迫使我抄一段他的文章如下：

> 三十年代中国现代文学有一种奇怪的现象，将一篇既写革命又写恋爱的作品叫做革命加恋爱，诋之为公式化。其实许多青年都有恋爱经历，革命青年也并不例外。禁止革命青年谈恋爱是可笑的，禁止谈恋爱的青年同时去干革命，岂不更加可笑吗？因此，倘不能从描写和表现方法上另外举出单调呆板等公式化的

例子，光从题材内容的革命与恋爱两者并写（许多作品实际上是如此）出发，便指为公式化，那么，这种批评本身才是真正不折不扣的公式化的批评。

他认为毛泽东同志写于一九二三年的《贺新郎》词里，有为祖国献身的决心，也有对爱侣依恋的衷素。昂扬的革命激情和缠绵的儿女柔情，融洽地纠合起来，给人以浑然一体的深切感受。因此，他以为毛泽东的《贺新郎》词"好就好在这两者的纠合；有了儿女柔情的缠绵，更显得革命激情的昂扬；反之，有了革命激情的昂扬，也更显得儿女柔情的缠绵。而在这昂扬和缠绵里，形象地衬托出一对青年男女真挚的感情，这是典型的革命加恋爱的代表作，谁能说这首词是一篇公式化的文学作品呢?"从这个例子看，我国许多现当代文学史，在唐弢心目中，难免存在这么些疑团：理论的概括都正确吗?文学作品的分析都得当吗? 理论与作品的相互观照上都相得益彰吗? 我想，这该是唐弢立志要写一部《中国现代文学史》的动机。如果，我们的现当代文学史在理论的概括上能像唐弢这么准确，在作品的分析上能像唐弢这么深入浅出，我们的现当代文学史的编写工作，必将出现历史性的突破！

我在一九九〇年四月去北京参加台湾研究会，又在一九九一年八月去北京参加艾青作品国际研讨会，都曾想利用会议间隙，到医院探看唐弢同志的病情，但都被知情的朋友劝阻，说唐弢同志常年鼻孔插着管子，言语已不清晰，去看望他，他目识其人，而口不能言，反而增加他的痛苦。我只好打消我的计划。但在我从艾青诗会南归一个多月，得臧克家同志信，说唐弢病情未脱险境。我犹豫再三，给唐弢夫人絜云大嫂写了一封问候唐弢病情的信。不久，便收到她写于去年十二月二十三日的回信：

> ……老唐得病至今，已一年有半。由于病势危急，开始时三〇四医院治疗失当，加上他原来有几十年糖尿病和心脏病史，因此病情几度十分紧张。几个月前确实恢复得较好，能在沙发上坐两个小时，看看电视，口食水果、牛奶等，能说话，唯口齿不清。记忆思维恢复亦较

好。就在秋冬之际，气候无常，长卧病床之体，抵抗力极弱，肺部炎症反复，消化道功能不好，以致退步较大，现正请按摩大夫帮助，过此冬至节令，再慢慢恢复。俗语说：病来如山倒，病去如抽丝，体会深极了。我们家属一定配合医生，尽一切努力，促使一步步上台阶。时届隆冬，气候寒冷，希望您亦多加保重。……

絜云大嫂的信，以十分克制的心情，谈了唐弢病情变化的几个阶段：病情危急时的治疗失当—病情恢复较好—退步较大。距此信仅仅半个月的一九九二年一月四日，唐弢同志便永别了他所眷恋的世界。这么一个不愿死的人，如何未能抢救过来，是直到六月底七月初读了唐雨门和唐若霓兄妹的文章，才获知整体的悲惨印象的。人非草木，未免有情。当他去世半年之际，我挥泪写成七绝四首：

医疗等级太森严，救死扶伤叹枉然！
饮誉神州半世纪，奈何学者不如官？

忍将一纸蓝皮本，贻误千秋卓越才。

留得残篇鲁迅传，应如雕像立灵台！

一命呜呼四海传，江南塞北两凄然。
弥留反顾蓝皮本，遗憾重重欲问天！

人生要活忒艰难，岂止疆场过五关？
听取晦翁临别语，催人涕泪满青衫！

一九九二年七月十日

（原载《唐弢纪念集》，社会科学文献出版社，一九九三年）

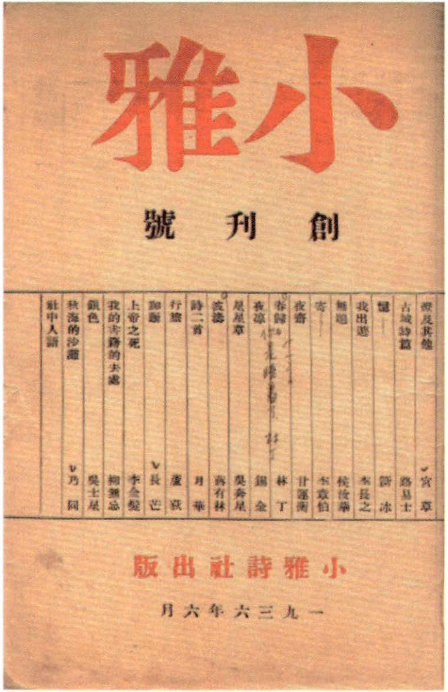

《小雅》诗刊创刊号封面书影

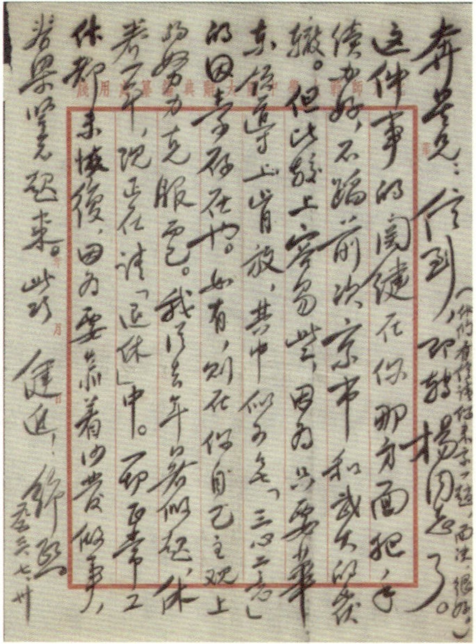

一九五三年七月三十日黎锦熙致吴奔星信函

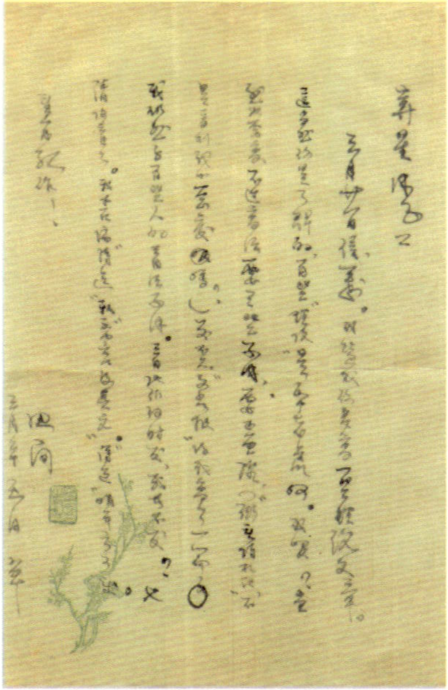

一九八一年三月田间致吴奔星信函

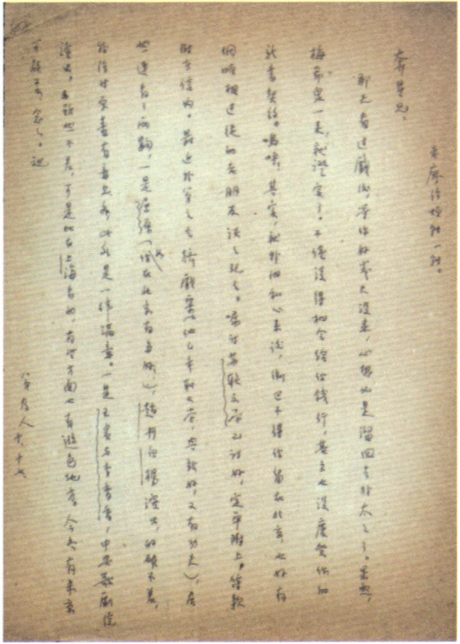

一九五三年十月十七日汝龙致吴奔星信函

胡適稿紙　每頁二百字

致吴奔星先生

吴先生：

此種問題，你若沒有新證據，最好不要參加。

何家槐君是我認得的，他不是偷人家的東西的人。韓君所說，文理都不通，其中所舉事實也不近情理。如說：

我（韓侍桁）有一篇文章先拿給從文修改，改了很多，而發表出來則變了何家槐的名字。

"誰"拿給從文呢？"誰"發表的呢？難道從文幫家槐偷嗎？

又如：

也有先投給"現代"和"新月"的文章，署名是

胡適稿紙　每頁二百字

我的名字，而能經拿回來，在另外雜誌上發表又變了名。

這又是誰"拿回來"，誰"在另外雜誌上發表"呢？

你若要"揭監好手"！最好先去做一番"訪案"的工夫。若隨口亂說，誣蔑阮元、張之洞、丁福保諸人，你自己就犯了"道聽塗說"的毛病，那配"揭監好手"？

胡適。

廿三，三，十三。

一九三四年三月十三日胡适致吴奔星信函

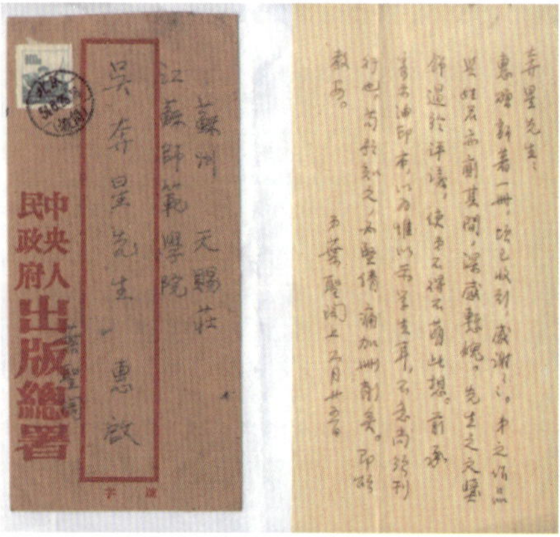

一九五四年六月二十五日叶圣陶致吴奔星信函

一九三八年九月吴奔星与孙望在长沙合影，
吴奔星题写“长芒止薑缔交之影”八字

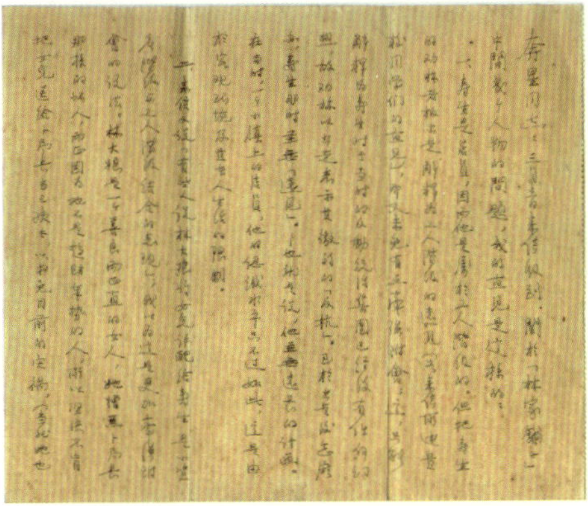

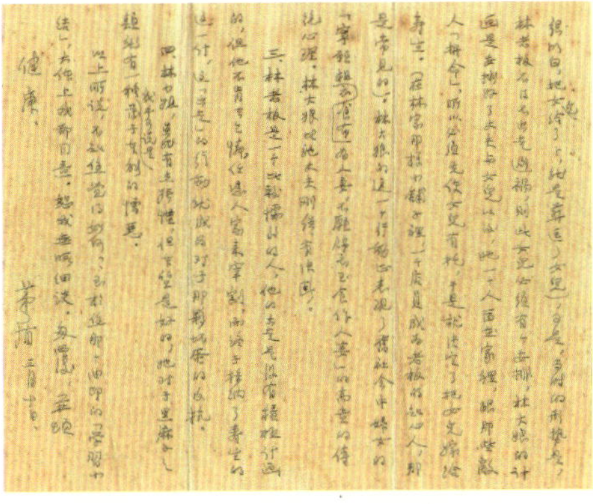

一九五三年三月十日茅盾致吴奔星信函

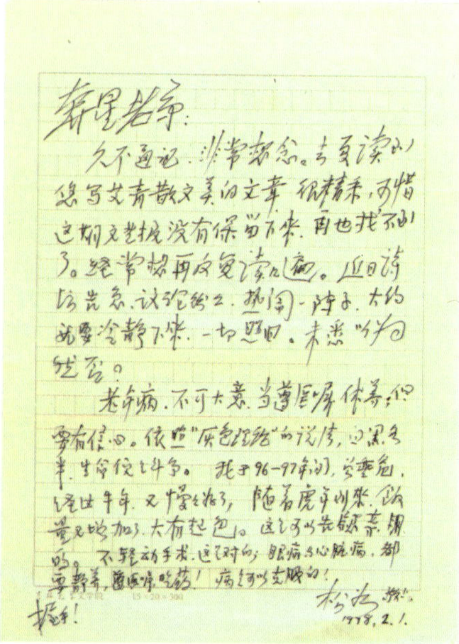

奔星老弟：

久不通讯，非常想念。去夏读到您写艾青散文美的文章，很精采，可惜这期文艺报没有保留下来，再也找不到了。经常想再反复读几遍。近日诗坛告急，讨论纷纷，热闹一阵子，大约就要冷静下来，一切照旧。未悉以为然否？

老年病，不可大意，当遵医嘱休养；但要有信心。依照"灰色理论"的说法，已活多半，生命便是斗争。我于96-97年间，曾垂危，绝世半年，又慢慢好了；随着虎年到来，饭量又增加了，大有起色。这是可以告慰亲朋的。不轻动手术，这是对的；眼病与心脏病，都要静养，遵医嘱吃药！病是可以克服的！

握手！

公木 拱手

1998.2.1.

一九九八年二月一日公木致吴奔星信函

吴奔星与夫人李兴华结婚照

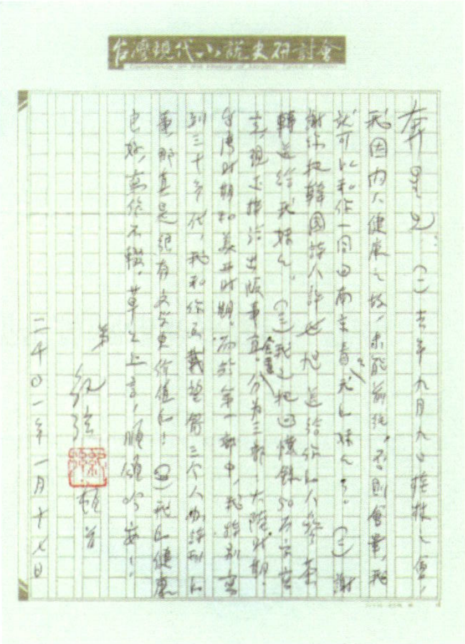

二〇〇一年一月十七日纪弦致吴奔星信函

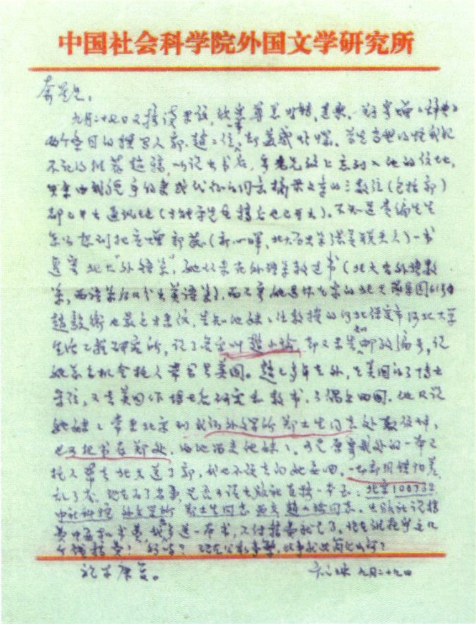

一九八九年九月二十九日卞之琳致吴奔星信函

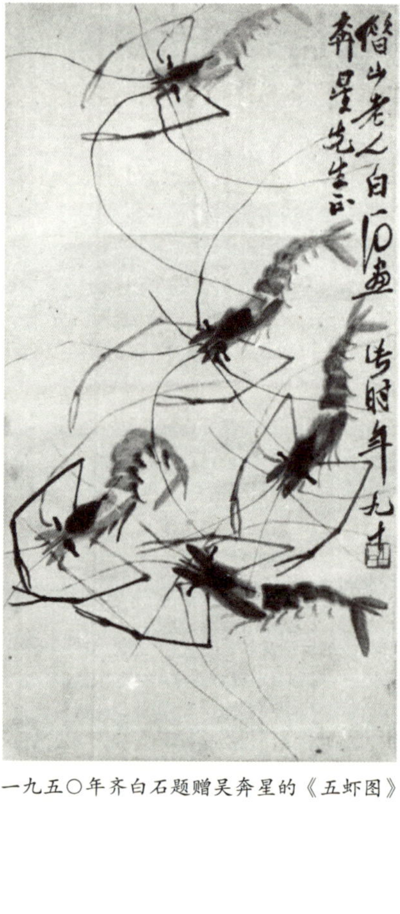

一九五〇年齐白石题赠吴奔星的《五虾图》

彭城何处霸王宫

徐州自古为兵家必争之地，历代留下的古迹很多。有个古迹叫黄楼，但是谁也没有见过，只能隐约指出其遗址在徐州之东黄河故道处。至于这个黄楼是怎么建成的，就更鲜为人知了。

徐州人民每到霪雨连绵、黄河故道泛滥之时，都要记取北宋年间曾任徐州刺史（太守）的苏东坡在九百多年前（北宋神宗熙宁十年，一〇七七）率领徐州人民抗洪抢险的德政。但在抗洪之后，苏东坡却干了一件坏事，至少是干了一件蠢事。那就是他竟然拆毁了西楚霸王项羽的霸王厅，取其器材，在徐州东门建筑了黄楼。今天看来，霸王厅和黄楼都是古迹，原不必评说其是非得失。但是，在东坡守徐州时，霸王厅却是古迹。他把当时已千余年的古迹拆除，修建一座黄楼，似乎要假借霸王的威风以镇压河伯的暴虐。今天看来，孰得孰失，是十分明白的。从东坡当年的威望说，一声号令，何患无建筑黄楼的器材？根本不需要拆毁霸王厅嘛。但是，东坡见不及此，竟拆除古迹以建黄楼，要借重楚霸王的亡灵以镇压洪水。岂非聪明一世，糊涂一时？其实，当时的苏东坡并不是孤立的，经常有一批文人学士周旋于他的左右，只是谁也不加劝阻。相反，在黄楼落成之日，“诸名人王定国、秦少游、黄鲁直及弟子由等，作诗赋以张之”。这种盛举，在今天看来是令人遗憾的。黄楼与霸王厅相比，人们是宁愿要霸王厅的。如果当时东坡不盖黄楼，或虽盖黄楼而不拆毁霸王厅，则霸王厅可能岿然尚存，为今天的旅游者所争先瞻仰。

可惜的是，千百年来竟无人提起此事，对苏东坡之所作所为，未能一分为二，只是一味歌颂，未免影响对历史人物的全面评价。由于他干了一件坏事或蠢事，不仅旅游者不能瞻仰，连史学家也无从考证。项羽在徐州的遗迹，只有一个戏马台尚可依稀指认。但其历史意义就远非霸王厅可比了。惜哉！惜哉！无怪后人慨乎言之，并有诗曰：

三叹虞兮一命终，彭城徒有霸王宫。
欲知遗址今安在，须梦糊涂苏长公！（注）

注：苏轼在兄弟行中居长，当时人尊之为苏长公。

（原载《文汇报》一九九二年八月二十三日）

追忆翻译家汝龙

猛然听说四十年的老友汝龙在去年七月十三日去世，不觉两眼发黑。他是苏州人，别号及人，一九一六年生。作为一位当代的著名翻译家，读者是并不陌生的。我和汝龙相识，在一九五二年春天，那时，我们同在太湖之滨的一所大学教书。为了准备院系大调整，从旧社会遗留的大专院校，都在搞知识分子学习运动，除了上课，关于运动的会议比较多。汝龙因为长期从事翻译工作，总是夜以继日，干到子夜才就寝。其时，他正从刚收到的《苏联文学》英文版上译出一个长篇《大学生》，将由巴金创办的上海平明出版社出版。有一天晚上，我因获悉第二天上午要开全院大会，便去通知他早点睡觉。他正在改《大学生》的清样，争取于暑假期间问世。我问他："你同巴金熟悉吗？"他笑一笑，说："今天不早了，明天散步的时候，给你聊聊有关巴金的故事。”

次日黄昏，我们漫步校外，他突然问我：“你不是老北京吗？你知道三十年代北平有一所四存中学吗？”我说：“有的，那是一所教会学校。是吗？”“对！”他说，“四存中学有两位青年，不到二十岁，就被卢沟桥的炮声轰出了校门，茫茫人海不知何去何从。那时，许多大学毕业生，毕业便是失业，何况中学生？”我说：“对！我也是被日本侵略军的炮声轰出大学校门的。当时曾一度西望延安，终于向大西南流亡了。”

汝龙注视了我一下，打断了我的话头：“那就不是大江东去了。那对青年跟你走的大方向相同。他们爱读巴金的小说，满脑袋的高老太爷、觉新、觉民、觉慧、鸣凤……对巴金其人其文佩服得五体投地。他们打听巴金去了重庆，他所创办的上海文化生活出版社将要复业。他俩便作为巴金的崇拜者，联名写了一封自荐信，试投重庆文化生活出版社。其实，他俩连具体的地址都不知道，只是凭巴金的名气大。哪知日本侵略军在七七事变后仅仅二十天，便占领了北平。那对青年是在北平沦陷前两天到天津租界，又沿津浦线狼狈南下的。他们回到苏州老家，人间天堂的形象已大为改观，只好从上海乘坐开往武汉的江轮，在甲板上度过了二十来天。到了武汉，又换乘去重庆的小火轮。停停靠靠，上上下下，又花了二十多天，才到了重庆。”

我说：“他们简直有宗教徒朝圣的坚定信念，难道不感动巴金吗？”汝龙说：“他们毕竟是年轻人，在行动上，有明显的冒险性和盲目性；但是，确有一股信念，促使他们忘记了恐惧、挫折、悲观、失望等等情绪，乃至忘了月日，糊糊涂涂，一到重庆，便都清醒了。那时，下江人都拥挤在武汉、长沙、桂林等城市，重庆倒还秩序井然，闻不到硝烟味。”

我说：“我就是从武汉而长沙，又被迫到桂林、贵阳，最后到重庆的。”汝龙说：“那对青年当然不认识你。他们到达重庆，就到处打听文化生活出版社，到处打听巴金。找了十来天，路费快花光了，终于在一次集会上，仿佛是中华全国文艺界抗敌协会吧，按图索骥发现了李先生。这是那对青年对巴金的习惯称呼，实际是他们以巴金为师。巴金一见他们的疲惫相、狼狈相、天真相，迎面就说：‘你们真的来了？’他的表情严峻中有轻松，忧戚中带喜悦。他们等了一下，便跟随李先生走了。此后说来话长。巴金跟他俩谈话，轻声慢语，可能带点考问，像要把那对冒天大之险的青年写入他正在构思的长篇小说中去一样。但是，他没有多话。只是说‘文化生活出版社是要恢复的，也需要几个工作人员。但是，不敢公开招聘。流亡青年太多，招一两个人，说不定报名的就有一两千，甚至一两万，实在难于招架。你们是高中生吧？中文当然有基础；英文呢，你们是教会学校出来的，可能看、读、说、写，都还不错吧？先住下来，第二天详谈。’就这样，那对青年便与李先生——巴金先生认识了。”

我说：“这就是你要给我讲的关于巴金的故事吗？”汝龙说：“这只是故事的开端。有这么个开端，你是善于分析小说人物的，据此，也可以思过半矣。”我说：“我是个急性人，照你这么慢吞吞地讲故事，真要讲成巴金的长篇小说了。能不能像鲁迅的

《一件小事》那样，节奏快一点？我关心的是那对青年中有没有你在内？还有那一位是谁？”汝龙说：“你不是三十年代就写诗的吗？诗是讲含蓄的，诗是要给读者留点思索余地的。还有两个月就放暑假了，我们都要回北京歇暑的，请听下回分解，如何？”我点点头，还是追问一句：“这么长的抗战时期，你翻译了多少东西？出版了几部作品？”汝龙说：“翻译的稿子很多，没有精确的统计，我是把翻译的过程当作精通外语的过程，先是扬长避短，翻译英语作品；后来觉得一门外语不足应付，又开始自学俄语。但认真学俄语，却是从解放后才起步的。”

我说：“抗战七八年的漫长岁月，难道一部译作也未出版吗？”汝龙说：“的确没有。处于日寇轰炸下的重庆，真叫国难当头，很少想到出书。我的译稿大约有二百多万字，满满两麻袋，曾请巴金看过，他很高兴，但他要求严，从不提及给我出本书，只要我一改再改，精益求精……”我越听越觉得他说漏了嘴，不禁插嘴道：“原来你就是那对青年之一呀，对不对?”他不理会我,仍然沿着他的思路说开去:“直到抗战胜利后的一九四七年,我才译出了高尔基的《阿托莫洛夫一家的事业》。那时,我的俄语尚在初学中,主要从英语转译,重要的地方对照了俄文版。现在你看到的《大学生》校样,也是从英文译出的。”

我说:“我看过几段译文,语气不像外国人说中国话那么欧化,倒像中国人漫谈外国的人和事,既自然,又亲切,很有中国味儿。你是硬译的呢,还是直译的?”他说:“我没有想到过鲁迅的硬译,也没有想到别人的直译或意译。只感到把外国文学引进中国,有如汉语和外语的联姻,必须协调。李先生很欣赏傅雷译的巴尔扎克的小说,既忠实于法文,也切合于汉语,像读创作小说一样,他鼓励我向傅雷学习。我现在就把重点放在如何用汉语恰如其分地表达异国情调,要求自己的译文具有中国作风和中国气派。”

我连连点头称是,并且说:“啊,你讲的巴金的故事,就是讲巴金和你的故事嘛!到此为止了吗?”

汝龙说："这还如同小说的情节的发展、高潮和结尾，等暑假时期到北京再说吧。"可是他又紧接着说："老吴，我的生活不惯，实在不堪为人师表。我这个副教授下一年不想再应聘了。"汝龙的这番话，是因为解放初期的大专院校还沿袭聘任制，在全国院系调整之后，教师才视同干部。但汝龙的生活习惯的确不适应当时的教师生活，决心辞退了。

一九五二年的暑假，我和汝龙都从无锡回到北京，才发现他住的达智营和我住的白庙胡同，都在西单市场附近，两条胡同实际是一条南北向的通道，他家在北头，我家在南头。我和汝龙两人的嗓门都很大，出门走十来步，大叫一声就可以遥相呼应。这样我们的往来便密切了。刚回北京初访他家时，颇带一点喜剧性。我拉拉门铃，由一位三十左右的女同志开门。她听说我姓吴，连忙朝北屋喊叫："及人，吴先生来了。"汝龙穿着拖鞋，有如倒屣相迎。经过介绍，开门迎我的是他的夫人文颖同志，也是一位自学成才的翻译家。他家是一所旧式的四合院，院子呈长方形。他说：天有点热，就在院子里坐谈吧。他指着一把藤椅请我坐下，并且说：这是李先生常坐的。据了解，解放初期，巴金到北京，如果不是开会，一般都住在汝龙家里。他家宽敞、通风，交通也便利。我的悟性告诉我：巴金与汝龙夫妇，亦师亦友，感情是深厚而真挚的。他送我出门时，附耳而言："老吴，我要讲的故事到了高潮，要宣布结束了。"他的夫人在一旁，抿嘴而笑。我回答说："尽在不言中，你比诗人还要诗人。"汝龙连声说："不敢！"便在笑中握别了。那年暑假，我们的过从是密切的。

当暑假快结束时，汝龙来我家，劈头问："你还要去吗？不是只'借调'半年吗？"我说："我曾争取留在北京，在上半年已做过文章了，但江苏方面硬说工作需要，下半年起，要院系大调整，把东吴大学、社教学院、苏南工专、无锡国专、苏南文教学院等院校合并为'江苏师范学院'（即今之苏州大学），我被任命为筹建委员，看来所谓'借调'半年可能就像黄鼠狼借鸡了……"汝龙说："你这比方欠妥，可以照聘约力争，江苏总不能把你当鸡吃掉吧？"我说："我打的比方，重点在歇后语的有去无还。正如列宁所说，任何比喻都是蹩脚的，不能以词害意。不过，我的家属还留在北京，寒暑假仍能见面。"汝龙说："我也不能久呆北京，工作单位在上海平明出版社。好在从苏州到上海个把小时，闲聊的机会多着呢！"

当时，从那次别后，彼此都很忙，再也没有多少闲聊的时间了。直到一九五三年一月，我到北京过寒假，他送我一本刚刚出版的《大学生》，作者并不知名，但发行后颇为畅销。汝龙算是一炮打响了。他告诉我，他译的托尔斯泰的《复活》也快问世了。我就顺便请他谈谈翻译的问题。我问他对严复的信、达、雅三原则的看法如何。他说："信与达是应该坚持的，至于'雅'直接与'雅俗共赏'相对立，难于苟同。在清末严复用古文翻译外国的东西，求其'雅'驯，并不过分。我们今天用口语翻译，就不应把'雅'和'俗'对立起来，如果译笔流畅，'俗'也可以变'雅'，译得不好，'雅'也可以变'俗'。区分译文的雅俗，要从整体着眼，不能抠字眼。"我说："我完全同意你的看法。”他继续说：“李先生（巴金）的译文，傅雷的译文，有些段落就‘俗’得很‘雅’，而且颇有神韵。因此，我的译文坚持向前辈学习，要稍微改动一下严复的三原则：‘信、达、雅’之外增补一个‘神’字，使译文具有汉语的神韵。”我说：“补充得好！希望你坐而言，起而行。”汝龙说：“我的俄语基本上可用了，计划翻译高尔基全集、契诃夫全集，而信、达、雅、神，便是我的追求。”我说：“这也体现你的译文的独特风格，祝你成功，祝你丰收！”我紧紧地握着他那双勤奋的手。

从此，直到一九六三年，整整十年，运动颇多，变更非一，我们也很少通信，只知他已调人民文学出版社，我则从苏州而南京，又至徐州，地理距离北京近了，心理距离却远了。但仍先后收到他译的托尔斯泰的《复活》和高尔基的《人间》。他的来信，热情依旧，称呼不改。一九六四年我去北京，门庭依旧。他见了我，对十年前的老同事、老朋友的情况，探询较详。听说某某老友成了某某集团分子，某某老友成了某派分子，某某老友虽然依然故我，却已深居简出，不苟言笑，他不禁唏嘘久之，并且说：“要是我当年继续教下去，照我的生活习惯，不划成右派分子才怪呢！”我本想只看看他就辞去，而他却坚持一如往例，要替我压压惊，到绒线胡同的四川饭店吃一顿！我只好客随主便。于是他的母亲、夫人、女儿以及和我同去的另一位老同事，一行六人，以半小时的“卫生散步”，便从西单到了宣武门外的四川饭馆。汝龙还提了饭盒等容器。他说，这是三年困难时期北京养成的节约习惯，凡去吃饭用餐，总要把剩下的尚可食用的荤菜带回来。遗憾的是，那一次他虽然叫了满桌的菜，却所余无几，值得带回的更少。我说：“我一向吃得多，虽点酒不尝，却是吃菜大王。”汝龙大笑：“正须如此，吃光喝光，身体健康。”汝龙全家是苏州人，吃什么，都很秀气。在饭桌上聊天，得悉他正在对照俄文版，重译《复活》，至于所译《契诃夫全集》也已出版了好几本，他后来寄给我一本《契诃夫论文学》。至于《契诃夫全集》，他说等全部出齐后再送我一套。他告诉我，他的编制在人民文学出版社，无须坐班，只是每星期三参加一次例行的政治学习，其他时间都由自己支配。他那时比十年前更胖了，我劝他劳逸结合。他在十年前和我吃包伙的时候，从不忌嘴。他经常说，先满足口腹之欲，出现腹泻，服两片S.G.（止痢片），就恢复健康了。其实，这是他鼓励我多吃，吃什么东西，只要合口味，吃了再说，顾虑太多，反而影响健康。

从一九六四年暑假与汝龙话别后，不到两年，就是“文化大革命”，这一次可不同寻常，彼此信息隔绝。直到一九八一年十月鲁迅诞辰一百周年，我到北京开会，曾利用会议间隙，到达智营旧居看他。拉了半天门铃，才有人告诉我，汝家仍住在达智营，但不在原来的四合院了。我找到新址，见到他的母亲、孩子、夫人都很健康。汝龙听说我已能到北京参加纪念鲁迅的大会，表情豁然开朗，大声说：“活着就是幸福！”他住得比过去拥挤得多，没有院子，但他仍然保留一间书房，陈列他的译著。他说：“只要从‘文革’活过来了，就有信心完成我的未竟之业。工作条件差一点，且不去计较。中国有句古话：穷则变，变则通，‘四人帮’垮了台，我们都会变得好起来的。”他说话的风度一点儿也没有变，只是面部出现了不少老人斑，显得苍老一些了。他仍要坚持老例，漫步到绒线胡同吃一顿。我告诉他，会议伙食标准较高，不亚于饭店，还是留下时间多聊聊的好。他也不坚持，从书架上抽出几本契诃夫文集给我翻阅。我发现他的译文，真提升到了信、达、雅、神的高度，他译得多，译得好。我说：“你成了当代翻译苏联和旧俄文学的专家了。我向你祝贺。”他说：“一个人的成长和成就，有内因，也有外因。内因就是鲁迅说的韧性的战斗精神，锲而不舍的精神。外因就是机遇，也就是机会和际遇。我要不是遇到李先生（巴金），就不会有今天。你是老朋友，见过我的手稿，那上面的确洒满了汗水，不是坚持韧性的苦干，哪里会有这么多的成果（他指着书架上陈列的译著）？李先生是谦逊的，也是严谨的。他很少提到我和他的关系，但是，我却怎能忘怀他的赐予？你是知道唐朝有个诗人白居易的，他写诗力求老妪能解，虽是传说，却对我颇有启发。我也希望自己的译文，凡有初高中文化水平的都能读懂。我发现有些欧化的译文，实际是译者都没有通晓原文，译文便欧化得‘四不像’了。我的追求是信、达、雅、神，早已和你聊过，可能尚未完全做到，但我是坚持下去的。”我对他的追求再一次表示我的祝愿，坚信他是能够如愿以偿的。我说他的内因和外因相结合的体会，正是事业成功的关键。我还告诉他，一九八〇年五月二十八日，我专程到上海看望过巴金，算是真的认识了当代的文化巨人。他打断我的话说：“你不还在《文汇报》发表过一首赠巴金的诗吗？你把李先生家的草坪比成鲁迅的‘百草园’，比得真美，比得确切。我不懂诗，诗意却从草坪里流露出来了。”

我和汝龙在这一次见面后，整整又是十年，只通了几封信，他告诉我搬了家，搬到北京西便门去了，比达智营要偏远一些，住房条件可改善多了。这十年间，我虽多次到北京开会，却因他住得较远，而我没有留出探亲访友的时间，会议一结束，就匆匆忙忙南归了。因为汝龙年龄比我小，便往往以自己的健康情况，推测他的健康情况，从来没有想到一九八一年十月下旬的一次长谈，竟成永诀！

汝龙是中国当代自学成才的翻译家。他的译文，数量之多，质量之高，他自己从不公开宣扬，巴老也很少提及。但我在痛惜之余，他的勤奋的影子，老在眼前晃动；他的声音笑语，老在耳际萦绕。为了难于忘却的纪念，匆忙写下了和他相处的一些情况，希望中国的翻译界多出现几位汝龙式的自学成才的专家，多出现几位巴金式的伯乐。

（原载《文汇报·笔会》一九九二年十一月二十七日）

一九九三年

江南可采莲

晚唐诗人李商隐有两句诗："荷叶生时春恨生，荷叶枯时秋恨成。"表明荷花生于暮春枯于暮秋。暮春时节的荷塘冒出荷叶的尖尖角，暮秋时节的荷塘，便是苏轼所形容的"荷尽已无擎雨盖"了。荷花跨春、夏、秋三季，春生秋枯，夏季则是荷花的全盛时期。荷花在许多省市都有，但盛产于号称"江南"的江浙两省。尤其是西湖，"十里荷花"，"接天莲叶无穷碧，映日荷花别样红"著称于世。从古诗看，江南盛产莲藕，可以上溯到汉乐府诗中的采莲曲《江南》，一直传诵，名闻遐迩。试读：

江南可采莲，莲叶何田田!?
鱼戏莲叶间：
鱼戏莲叶东、鱼戏莲叶西、

鱼戏莲叶南、鱼戏莲叶北。

不仅表现莲藕的面广量大，而且以五个连动式的“戏”字，重现了一千多年前采莲的规模和采莲人的精神、心态。采莲动作按东、西、南、北次第行动，荷塘的鱼群也便因采莲人的活动而按方位退却嬉戏。人是主动的，鱼是被动的。诗人不说，意在其中。诗从“江南可采莲”开始，以人的劳动和鱼的嬉戏的方位，团团转地结束，令人感到采莲的过程，是一个轻松愉快的过程，是一个人与自然（莲蓬与鱼）和谐的过程。这种“江南可采莲”的劳动，根据历代诗词的描述看，大多由年轻的妇女承担。盛唐诗人王昌龄的《采莲曲》：“荷叶罗裙一色裁，芙蓉向脸两边开。乱入池中都不见，闻歌始觉有人来。”便可见当时民风之一斑，采莲女子是要打扮的。今日读之，还不难想见当时妇女采莲的情景和乐趣。

《江南》是一首古代的自由诗，《采莲曲》则是由六朝开始发展、形成，趋向完善的唐代近体格律诗。但从文学史上的影响看，《江南》要超过《采莲曲》。后者从视角的变化和意境的层次看，比较直率，不如《江南》那么曲折，那么多角度地开展诗意。有人嫌它啰嗦，要把四个方位压缩为一句，使《江南》的后五句简化为两句："鱼戏莲叶间，东北到西南。"这样，简则简矣，却干瘪得太呆板了。要知道"鱼戏莲叶间"是承上启下的警句，叶圣陶先生十分欣赏，曾引入他描写假山池沼的著名散文《苏州园林》中；要是压缩四个方位成为一句，不仅不知鱼儿怎样嬉戏于莲叶之间，更不能显示鱼儿随采莲人的行动而转移方位的细节描写，诗便失去了耐人寻味的艺术魅力。

时至仲夏，是江南可采莲的时候了。当代采莲的方式，当然不会与古代相同，尽管也有诗意，风格也不会与古代相同。只是一想起"江南可采莲"，我便要忆起青年时代的三位老师：胡适、钱玄同和黎锦熙三位先生关于"莲叶何田田"的一次谈笑风生的议论。时间是在一九三六年的夏天，地点是在北平石驸马大街北平师大文学院国文系主任钱玄同先生的办公室。文学院院长黎锦熙先生正在和钱先生商谈《中国大辞典》的编纂方针，并谈到对古汉语词汇如何准确注释的问题。其中就有《江南》一诗的“莲叶何田田”一句正待注解。恰好北京大学文学院院长胡适之先生有事找黎先生。于是，他们三人就“莲叶何田田”如何注释开始随便谈心。他们都是海内外的知名学者。钱先生是章太炎的大弟子，他认为“田田”一词可能有错。黎先生说：“对‘田田’注释，历来辞书的注释都不准确，带有猜测性。既已习非成是，还是一以贯之，仍照旧注如何？”胡先生说：“《江南》是一首最好的白话诗，‘田田’一词，可能有撰写之误，但也误了一千多年，改也没有可靠根据。”钱先生说：“对于这个词，当年（一九〇八—一九〇九）在东京太炎先生的国学讲习所里，我曾疑心‘田田’是‘圆圆’之误。太炎先生曾点头说：‘不是“圆圆”，就是“团团”，反正是因形近致误。’”胡先生说：“圆圆也罢，团团也罢，草书是容易被看成‘田田’的。古人好古贪奇，遂以‘田田’为定论。”黎先生接着说：“简体字的‘团’，如果作草书，更易被混为‘田’字。”钱先生说：“习惯成自然。约定俗成，积重难返，就任其‘田田’下去吧。”三人之间，有议论，无争论。我侍立于侧，如游夏之徒，未敢妄参末议。略忆师说，聊作佚闻而已，也算是“江南可采莲”的一则佳话。

（原载《人民日报》一九九三年六月七日）

离弦之箭

——悼念老友李章伯

今年四月二日早晨七点多钟，床头电话铃声阵阵地响了。一听，是台北北投李章伯先生的夫人戴秀丽大嫂打来的。她声音颤抖，断断续续地告诉我：“月华（章伯的别号）昨天突然去世了。”我的耳朵重听，追问两遍，月华的确走了，如闻晴天霹雳，泪水封闭了双眼，嗓门也顿时嘶哑了。其时，正是我的妻子李兴华去世两个半月，尚沉浸在老年失偶的悲痛中，又失去了平生唯一的知己。顿然醒悟：我的心田，既没有了爱情，又没有了友情，是什么无情的魔掌从心田连根拔去了情苗，只剩下血淋淋的一片。我孤零零地面对晨曦，捧读终年八十八岁的老诗人章伯老兄写于一九三五年的一首小诗：

离弦之箭是无法挽回的

我能挽得住你吗

今朝你是决定走了
走了，永不回来

在月光清冷的坟头
为你开一朵向阳花。

但我怎么也读不出声音来，喷涌而下的眼泪，把六十年前的《小雅》诗刊也弄得潮湿了。章伯何曾想到我用他的诗悼念他呢？

章伯是湖南湘乡人，生长于安化。我们是小学、大学同学，抗战后期，又曾一度同事。自日寇投降，台湾光复，他便于一九四六年初去台湾工作，一度担任台北桃园农业学校校长。那是日本人留下的一所破烂不堪的学校，章伯花两年时间加以整顿，办出了特色。其后，他被调任省教育厅任督学，往返台北、台中、台南各地，视察各类学校，兢兢业业，勤勤恳恳，二十多年，为台湾公认的老教育家。章伯为人内向，事业心强，干一件事，总是全身心地扑上去。他的青年时代是以写诗知名的。他到台湾后，为了教育事业，心无二用，竟未与台湾诗坛相联系，连青年时代的诗友路易士以纪弦的笔名开创现代派，他也未加注意。等他知道，纪弦已去了美国。

我和章伯在一九三六年六月创办《小雅》诗刊于北平，是华北唯一的大型诗刊，倡导新诗的现代化。纪弦于同年十一月创办《诗志》于苏州，并与徐迟从经济上大力支持戴望舒于同年十月创办《新诗》于上海。于是，我们这三个刊物，鼎足而立，互登广告，互相支援。我们和纪弦会面，是那一年的七月。纪弦到北平接他的母亲和弟妹南下苏州定居。那时，真是一见如故。彼此的眼球活像诗的火

一九三七年十二月二十七日吴奔星（左）与诗人李章伯（右）等摄于长沙

种，心也像没有遮拦的原野，是那么赤诚，无话不谈。最难忘的是纪弦当年侃侃而谈，曾坦率地对章伯说："中国新文学发展到现在，出了不少小说家与诗人，但是多数小说家是书贾培养起来的，而诗人却是自己奋斗出来的。"章伯听了直点头，立即收入《小雅》诗刊一九三六年八月出版的第二期《一得斋诗话》。纪弦的这两句话，即使对照今天海内外的文坛情况，也是符合百分之九十的实际的。当年我和章伯都了解纪弦是胸无城府极其坦率的人。纪弦知道胡适是我和章伯的大学老师，他提起上海和北平在一九三三年至一九三六年间，曾掀起一场关于"胡适之体"的诗的形式的争论。当时，首先主张推广"胡适之体"的是陈子展先生（晚年任教复旦大学，已故），曾引起一片反对之声。胡适之先生到一九三六年二月五日，亲自出马，写了一篇《谈谈"胡适之体"的诗》的文章。那时，胡先生刚在北平师大讲完"中国禅宗的起来"的学术讲座，因我曾被指定做他的记录，有机会当面对胡先生说："诗的形式是发展的。先生的诗，也并无一贯固定的形式，而最好的一首，我以为是悼念徐志摩的诗《狮子》，可惜这类形式的诗您写得太少了。"《小雅》诗刊创刊后，我写过一篇反驳陈子展先生的文章，发表在北平的《文化与教育》半月刊上，胡先生看了颇不开心。纪弦从北平话别之后，也寄来一篇短文《诗的形式问题》，章伯把它编发在当年十二月出版的《小雅》诗刊第四期上。纪弦认为关于"胡适之体"的那场争论，"只不过庸人自扰，原不值识者一笑"。"要知道：诗之所以为诗，散文之所以为散文，其真正的区别乃是在于本质——即内容——方面的，而非在于'诗行'、'诗节'与夫'韵脚'的工整与否。"这是纪弦在抗战前夕公开表示的关于诗的内容与形式的观点。

但，仅仅半年，华北局势紧张。卢沟桥一声炮响，揭开了全民抗战的序幕。我是七七事变后半个月，取道津浦铁路，乘长江轮船，经武汉，去长沙的。那时，我在长沙一所农业学校教国文，月入法币一百二十元。由于其时物价尚未波动，生活所需，绰绰有余。因此，凡路过长沙的诗友，我都能招待。

章伯离开北平，晚我半个多月，古都已经沦陷。他是从北平到天津后，改乘海轮到上海，然后溯江而上，到达长沙，由我安排在长沙水风井一家中式旅社，食宿包干，每月才十元。章伯是准备去广西教书，暂住长沙，等待聘约的。事有凑巧，不想纪弦领着全家母亲、妻子、弟妹，一行七八人，也于当年十二月顶风冒寒，到了长沙。我只花了有限的几块钱，在一所有名的牛肉馆，为他们全家接风洗尘。次日，他们便乘火车到贵阳去，目的地是昆明。我和章伯对纪弦一家人印象最深的，一是曼士，纪弦的二弟，在北平送别纪弦全家为我们拍照留念的，就是他；二是路珠，纪弦的小妹。我们一直记得她坐在车厢，隔着玻璃，向我和章伯挥手告别的天真形象！几十年来，我一直记得纪弦的二弟曼士和小妹路珠。章伯也常说：中国的文人也真会形容女性，如“秋水伊人”之类，逗人遐想。你看小妹的一双眼，真是明于秋水，不染纤尘。这是当年的闲话。

但自一九三八年初春，和纪弦全家长沙话别

后，便半个世纪彼此不知音信。要不是一九八七年台湾当局同意台胞探亲，我又设法和在美国的纪弦取得直接联系，根本就不知道纪弦已如台湾诗人张默所说的是台湾现代派的旗手。由于台湾诗家洛夫与张默的支持，由我主编的《中国新诗鉴赏大辞典》，才得以选入部分台湾主要诗人的诗作，我也才得以对台湾诗坛有一个轮廓性的了解。也由于台湾和香港的诗刊都是同仁集资创办的，更证实了五十年前纪弦说的话：多数小说家是书贾培养起来的，而诗人即是自己奋斗出来的。一点不错，台湾有成就的诗人几乎都是自己奋斗出来的。只是令人遗憾，一九八八年六月，章伯偕夫人来大陆看我，和他谈起纪弦，他虽然在台北四十多年，却与纪弦未见一面，而我则与纪弦小妹路珠同住南京四十年，也彼此没有交往。人寿几何？遭此人为的隔绝！今年元月，我的老伴李兴华不幸去世，章伯闻讣，便打长途电话安慰我，并且计划于春暖花开时节，偕同夫人、女儿（在德国留学多年的音乐家、钢琴家李晚翠）一道来看我。我正期待这么一天的到来，谁知章伯竟于四月一日撒手而去。他到台湾后，虽未从事诗的活动，但也写了不少“解放牌”旧体诗，还写了遍游欧美国家的日记。章伯晚年的旧体诗，多打破传统格律，也就是不拘一格，写所闻所感，指陈时弊，既写得很自然，又写得很老辣。他是学外国文学的，为了消遣晚景，作了一些中诗英译的工作，颇有可读性。他的诗作充沛着生命力，正如他是一个健康老人一样。尤其是《咏史》长诗，蕴含哲理，实一可传之作。他是应该活过百岁的，我曾与他相约，作一场生命的竞赛。哪知人有旦夕祸福，他突然撒手而去。我得知章伯的噩耗，把难于言表的悲痛，凝聚为一首挽联：友好七十年，无话不谈，谊深手足；阴阳几万里，有情难诉，泪洒云天！我还来不及函告在加州的纪弦。纪弦与我同是八十岁的老翁，得知章伯去世，他会联想到他的《火葬》一诗，章伯的确到另一个国度去了。章伯新旧诗很多，一时搜集不齐，我们为他暂编《月华轩诗稿》，将在香港出版，作为赠送亲友的纪念品。章伯！章伯！我愿代表青年时代的诗友纪弦，同声一哭，愿你安息！

一九九三年六月六日于南京

（原载台湾《联合报》一九九三年七月三十日）

新世说五则①

烈士只流一滴血吗?

徐州市南郊,有淮海战役烈士纪念塔岿然耸立。六十年代中期淮塔落成之时,某君曾写五绝一首:“塔在如人在,情深似海深。曾将一滴血,赢得万家春。”发表之后,颇为方家激赏,认为四句二联,对仗工稳,情意蕴藉,可慰英灵。但曾几何时,风云突变,大乱十年,小诗蒙难。诗的第三句,被歪曲为恶毒攻击人民解放军,引来反复批斗。一名红卫兵“义正词严”质问道:“红旗是烈士鲜血染红的,难道只流一滴血?”某君有口难辩,只有顺口解释:“我的诗是说解放军的损失最小最小,而取得的胜利最大

---

① 署名“欧阳镜”。

最大。"不料就此过关。

"何吴余"是"河无鱼"吗?

三年困难期间,某校师生下乡劳动,有三位教师利用休息时间联句。他们一位姓何,是党员,一位姓吴,另一位姓余,均为非党员。他们以联句的方式,集体创作了一首七律,歌颂农村新气象,署笔名"河无鱼",盖何、吴、余三姓的谐音,取其风趣而已。十年动乱期间,有人张贴大字报,说他们以笔名影射攻击党的领导,连河里鱼都死光了。两位非党员当"牛鬼蛇神"批斗,那位党员则作为"五一六分子"隔离审查。一场批斗,轰动校内外。

难道只红一层皮吗?

某君在六十年代初"三年困难"时期到农村劳动,参加拔萝卜。他看见一种叫做腊萝卜的东西,又红又大，十分可爱。当时正提倡“又红又专”，他便即兴赋诗：“红专党所期，劳动奠其基。莫学腊萝卜，只红一层皮。”诗意只是说要红透专深，不要只重外表。哪知“文革”一开始，首先出现批斗这首诗的大字报。说某君写黑诗，讽刺革命派群众，提出质问：“难道他们只红一层皮吗？”

你配称孺子牛吗？

十年动乱中，某君蹲牛棚。白天劳动是拖拉石磙打场秋收。石磙原是牛或驴拉的，因缺少牲口，便由所谓“牛鬼蛇神”代替。某君即兴口占五绝一首：“广场有石磙，往复百千周。我亦团团转，甘为孺子牛。”自鸣得意，害怕忘记，用铅笔写在草纸上，谁知在大解时，那片纸掉在蹲坑旁，为红卫兵拾去。红卫兵看到当天只有某君拉石磙，就笑嘻嘻地说：“你会写诗吗？”某君说：“不会。”红卫兵立即收敛笑容，取出纸头问：“这是谁写的？不是你的笔迹吗？你写了多少交待材料，笔迹一样，还想赖掉吗？”某君说："那叫什么诗嘛，只是打油！"红卫兵勃然大怒："混蛋，只有鲁迅才能称孺子牛，你算老几？只兜了几个圈子，就配称孺子牛吗？"某君连声认罪："不配，不配！"

"两岸猿声啼不住"

高龄九十五岁的郑逸梅老人，是硕果仅存的"鸳鸯蝴蝶派"作家。其为人也，好学深思，博闻强记，文坛掌故，多耐保存。在国内有"补白大王"之称，在国外有"电脑"之誉。传说其在十年浩劫中，虽年逾古稀，亦在劫难逃。但此老胸怀旷达，生性乐观，批而不臭，斗而不倒，身在批斗台上，目空一切，旁若无人，口中念念有词："两岸猿声啼不住，轻舟已过万重山。"

（原载《雨花》编辑部编选《新"世说"选粹》，江苏文艺出版社，一九九三年）

关于冯至先生给我的三通信函

冯至先生在我心目中，一直是一位身体健康、未显老态的长者。他长我七岁，诗龄比我长达七八年，而成就则我无法望其项背。他的逝世，我感到很突然；惊闻噩耗，也就特感哀痛！冯老是二十年代中期崭露头角的抒情诗人，又是海内外的知名学者，对民族、对国家，贡献很大，而又谦光照人。作为诗人，他坚持创新，直到晚年还创造了讽刺“好古之风”的格律诗“新绝句”。他的逝世，确是当代中国诗坛无可弥补的损失。

为了悼念冯老的逝世，特检出近年他给我的三封信，以示沉痛的缅怀。第一封信，是一九八八年一月二十九日写的。那一个月，他到南京参加全国外国文学研讨会，我曾看望他两次。他的和蔼可亲的形象一直铭刻在我的心目中。我赠给他一部由我主编的《当代抒情诗拔萃》，选有他的“新绝句”，他非常高兴。他听说我正主编第一部《中国新诗鉴赏大辞典》,也深感切合时宜,并欣然承诺为大辞典卷首题辞。他开会返京,便写了这封信,并自选了若干首诗供编辑组参考,显示他的治学谨严,态度也极其谦逊。

第二封信是一九八九年五月十六日写的。其时新诗大辞典已经如期出版。他因为收到较迟,便借龟兔赛跑的寓言,表示他内心的旷达与幽默。大辞典题辞的排列是序齿的。他略长于臧克家同志,由于编辑组的疏忽,把他的题辞排在臧老之后,臧老函嘱第二次印刷要改过来。不久,即在第二次印刷时改正,可是冯老毫不计较。

第三封信是在一九九〇年十月八日写的,因我去信向他祝寿,并希望他继续写诗。他以谦虚的语气,认为写诗上虽未忘怀,却存在"与外界很少接触,因而感觉日趋迟钝"的困惑。这也是冯老晚年的写诗甘苦谈。

总之,冯老的这三封信,对我们后死者,在处世、为人、治学创作上,都有丰富的养料可资吸取。

对研究冯老的生平与创作的同志也是极其可贵的第一手资料。

一九九三年五月二十四日
附志于南京待漏轩

附信：

(一)

奔星同志：

这次到南京开会，得与您晤面，并蒙赠《当代抒情诗拔萃》，深感荣幸。但因时间仓促，未能深谈，不无遗憾，近接到江苏文艺出版社关于新诗鉴赏大辞典的通知，得读您在上面的附言，谨遵命另纸题字数语，不知符合您主编辞典之精神否？并选拙作数首如下：《我是一条小河》、《蛇》、《南方的夜》、《威尼斯》、《深夜又是深山》(可改题名为“深山夜雨”)、《歧路》、《煤矿区》、《皮鼓》、《潭柘寺的千年银杏》、《我和祖国之三》，除最后两首见于一九八五、一九八七的《诗刊》外，均见于四川文艺出版社出版的

《冯至诗选》或《冯至选集》第一卷中。作者往往缺乏自知之明，常有偏见，不足为凭，我还是尊重选者的慧眼。

出版社还寄来一个表格，我不想担任写“赏析”，不填写了。请您替我向出版社表示歉意。

敬祝即将到来的春节愉快。

冯至

一九八八年一月二十四日

(二)

奔星同志：

三月二十四日来函早已收到。直到五月十日我在外文所开会，才收到这部黄金色封面的大辞典。一来是如今印刷品挂号往往似乌龟爬路，中间要耽搁许多时日；二来是我很少去外文所，这部书也可能在外文所睡了许多天的觉。儿时读龟兔竞走寓言，这次我得到此书，不料龟兔习性，兼而有之。

在你的倡导和努力下，群策群力，广事搜寻，成此巨著，不胜钦佩。诗人的创作，评论家的分析与阐释，互相辉映，相得益彰。当然，入选与否，未必尽如人意，这也难以避免。但我深信，在取舍之间，你是经过仔细斟酌的。总之，我作为新诗爱好者，备有此书，七十年新诗走过的道路，风风雨雨，山山水水，可以说是尽收眼底了。近些年来，你对于新诗的鉴赏研究和资料整理做出了杰出的贡献。至于题辞排列先后，不关重要，我毫不在意。

此致

敬礼！

冯至

一九八九年五月十六日

(三)

奔星同志：

读九月廿日来信，给了我很大的鼓励，我非常感谢。一年一度的生日，越来越觉对于我是一种惩罚。一年的岁月又过去了，而工作做得是那样少，徒增愧疚，这真是大大辜负朋友们的期望。诗，我不敢忘记它，无时不想对它有所呈献，无奈近来与外界很少接触，因而感觉日趋迟钝，深深尝到“老”的滋味了。我常读到您关于诗的文章，很钦佩。

此致

敬礼！

冯至

一九九〇年十月八日

缅怀谢六逸先生

一九四三年九月，我因应成都金陵大学之聘，辞去桂林师院广西教育研究所研究员之职。承桂林师院中文系主任张世禄先生设宴饯行，并请吴世昌等教授作陪。其时桂林正处于日寇空袭之下，都认为四川乃天府之国，将是复兴基地，我能先走一步，朋辈特表欢送。

那时，黔桂铁路尚未通车，从桂林到贵阳，要先到金城江再转乘汽车，少则一周，多则半月。我曾托一位老同学、担任贵阳师院总务长的侯子石先生代买去重庆的汽车票。因此，我一到贵阳，他先来看我，对我说："贵阳师院（今改贵阳师大）中文系主任谢六逸先生在上海就知道你是搞新文学的，曾在北平主编《小雅》诗刊。他说：'这里正需要你这样的人才，何必舍近求远呢？'"我说："谢六逸先生是新文学的前辈，我当然要拜访他，只是我的目的地是成都，不能失信于人。”我的老同学就说：“先不忙买票，明天一同去看望谢六逸先生吧。”谁知这是一锤定音。次日下午谢六逸先生设宴为我接风，席间向我一一介绍中文系的中老年教师。其中竟有一位曹未风教授，和先兄吴兰阶是二十年代末在北平师大英文系的同学，握手话旧，倍感亲切。那时他担任贵阳文通书局总编辑，兼贵阳师院教授。交谈之时，忽听有人插话，说他是茅台酒厂的“乘龙快婿”。谢六逸先生举杯祝酒，便说今晚的酒是特级茅台。可惜我生平不善饮，只能抿酒示谢，辜负了主人的深情厚谊。但主人的过分的热情，酒香扑鼻，也不觉陶然欲醉。在一阵阵掌声中，谢六逸先生双手捧送副教授聘书，连声说：“委屈，委屈，半路拦截，失敬失敬。”在醉眼蒙眬中，我竟成了贵阳师院的一名副教授。当时我年方而立，一身西服，面对一批穿长袍马褂的中老年教授，色彩颇不协调。我本拙于交游，只能在感谢之余，请前辈们多多赐教。

为了入境随俗，谢六逸先生安排我休息一周。

那时，因暂不开新文学课程，我作为副教授，要担任两门选修课，教务处送来的课表，主要是“杜诗选讲”，还搭配一门“古代文选”。我虽对古典诗文向有兴趣，但在行色匆匆中，都得现炒现卖，边编边讲。“古代文选”从《史记》的本纪、列传讲起，选完篇目，便请助教交印，尚好应付。只是“杜诗选讲”，每周要编四万字左右的讲稿，既有单篇赏析，也有综合评议。迫得夜以继日，笔不停挥，连向一些老教师“拜码头”或讲社交的时间都没有了。穷两个月之力，便编印了一部将近三十万字的《杜少陵绝妙诗笺》，由教务处油印成册，看来尚有气派。当时贵阳师院的几位中老年教授，喜爱宋诗，他们崇敬贵州的先贤，如独山的莫友芝、遵义的郑珍(子尹)，都是清末宋诗派诗人。在他们心目中，我这个年轻副教授居然主讲杜诗，并在短期间编成一厚册讲义，未免疑信参半。当时作为系主任的谢六逸先生，却以鼓励为主，见到讲义，总是笑嘻嘻地说我博古通今。但我从不自满，希望他多加指点。他那一贯的学者风度，从不挫伤教师们的积极性。他认为教授们编出的讲义，对于青年学生也是开卷有益的。我的课代表是一位女同学，沉默寡言，要她征求同学意见，总是说没啥意见，讲义内容丰富。但一位教哲学的友人在闲谈中说：我们都是过来人，学生对老师讲课说三道四是正常的。在高等学府讲学，唐诗与宋词历来都有争论。我说：我爱唐诗也喜欢宋词。贵州先贤郑子尹的《巢经巢集》我是比较熟悉的。还是谢六逸先生说得好，最高学府，难得有学术争鸣。抗战时期，萍水相逢，彼此隔阂，难于沟通，也是人之常情。各人讲课，都有讲义，何妨褒贬由人。

谢六逸先生多次与我聊天，都有长者风。他除了鼓励我大胆讲课外，还讲一些三十年代上海文艺界的情况。当年正值鲁迅逝世七周年，我非常赞赏谢六逸先生挽鲁迅的仄韵五律，嵌入“鲁迅先生精神不死”八字，最引人瞩目。但六逸先生十分谦逊。鲁迅先生曾写《教授杂咏》四首，第四首便是讽刺六逸先生的，他毫不介意。当时日寇攻陷桂林，独山吃紧，贵阳震撼，我一个单身汉，便如闲云野鹤，在寒假前夕，北去重庆了。不久，听说谢六逸先生因病谢世，心中十分悲痛。至今整整半个世纪，他开创的贵阳师院中文系，正在大大发展，想他必然含笑于九泉。

（原载《山花》一九九四年第十期）

一九九四年

佛文化的弥勒联语

我国许多名山古刹，大多有以笑容可掬、肚皮鼓胀为特征的弥勒佛的塑像。塑像两旁亦大多有启示性和讽刺性的联语。这些联语紧扣现实，从侧面批判了封建社会的多灾多难，反映了当时人民群众的心态。

弥勒，佛经说他“在龙华树下继承释迦牟尼衣钵而成佛”，“弥勒降生于世以后，世界便平等、美满、安宁、幸福”。隋唐以来，农民不堪残酷剥削，往往利用“弥勒降生”相号召，举行起义。在普度众生的意旨上，与释迦牟尼相同。正因为这样，凡有佛寺之处，便多有弥勒的坐像。

青年时代曾听胡适博士讲授佛教的历史，知道他对佛教极有研究。据说他在逝世前书桌上还留有一张便条，写着前人咏叹弥勒的对子：

大腹能容，容天下难容之事；

此公常笑，笑世间可笑之人。

这可能流露着胡适晚年的心态。胡适是曾经久住北京的，在沧桑世变中偶然追忆北京寺庙中弥勒塑像的门联，从中感受若干人际关系是不足为怪的。今人所记，有作“大肚能容”、“开口便笑”者，在对仗上不如胡适所记的工稳。这副对联，语言通俗，口气幽默，对世事难容、世人可笑作了高度概括，既宽宏大量，又有所讽喻，怪不得到处流传，为佛教信徒所传诵，也为旅游者所赞赏。

其他佛寺关于弥勒佛的对子，无不在大笑、大腹、坐相上做文章，但联语的主旨不大相同，或大不相同。如山东济南千佛山的弥勒佛堂，有一副对子：

笑到几时方合口？

坐来无日不开怀。

这是直接描写弥勒的形象特征——笑口和大

腹，词语潇洒，立意旷达，善男信女可以从中获得感悟，不致为人生烦恼而郁郁不乐。这对上述北京寺庙的联语有所补充。

杭州灵隐寺飞来峰下、冷泉亭旁天王殿弥勒佛的对子，又另是一番风味：

峰峦或再有飞来，坐山门老等；

泉水已渐生暖意，放笑脸相迎。

如果说北京的对子是现实主义的，那么杭州的对子，便是浪漫主义的。前者沉郁顿挫，后者轻快飘逸，只就山水的变化想象弥勒的坐相和笑容，不管他的便便大腹了。这种潇洒出尘的风格，同西湖的山明水秀是极其协调的。另外杭州的千佛禅院，还有一副对子：

终日解其颐，笑世事纷纭，曾无了局；

经年袒乃腹，看胸怀洒落，却是上乘。

这副对子书卷气较浓，结尾未必为一般信徒所了解，恐是后起的联语，可以相互参阅。

一九八六年三月，我应广东韶关大学之邀，前往讲学，参观过禅宗六祖慧能发迹的南华寺。那是东粤第一宝刹。弥勒佛两边的对子是：

日日携空布袋，少米无钱，却剩得大肚空肠，不知众檀越信心时，将何物供养？

年年坐冷山门，接张待李，总见他欢天喜地，试问这头陀得意处，有什么来由？

这一副对联颇有些写实主义的风味，大肚子、欢笑、坐相，样样照顾到。比较特殊的，是以两个问句结尾：既问信徒如何供养弥勒，又问弥勒为何笑逐颜开。在写实主义的笔法下，又多少带点浪漫主义的想象，风格颇有独特处。

还有四川峨眉山的灵岩寺，也有一副弥勒的对子：

开口便笑，笑古笑今，凡事付之一笑；

大肚能容，容天容地，与己何所不容？

我多次去成都开会，都未能爬上峨眉山的金顶，只在山麓报国寺仰望，未能目睹这副对子。此联对仗虽欠工稳，语言却生动活泼，摇曳生姿，表达了看破红尘、不问世事的出家人的心态。它不仅影响信徒，也对常人处理人际关系有所启示。

另外，峨眉山的洪椿坪弥勒佛堂还有一副对子：

处己何妨真面目？

对人总要大肚皮。

这显然是借弥勒佛的口教训善男信女如何“处己”“对人”。此联可能是上面一联的缩写，二者参阅，相映成趣，人情与哲理融合，繁简俱佳。

综观上述诸联，都表述了人与神的双向关系：神给信徒以教训和启示，信徒给神以尊敬和信赖。其中很强调宽容精神。

中国许多古刹，联语多不署名，旨在表意于当时，不图闻名于后世。游人所见，佳作迭出，不胜枚举，增添了人文景观的吸引力，其中不少是可与天地日月共长久的。遗憾的是，历经多少代的天灾人祸，寺庙多被摧毁。晚唐的杜牧还说“南朝四百八十寺”，但保留至今者，却百不得一。不少无名氏撰写的联语，遂湮没不彰。果有好事者，积极搜集全国佛寺那些幸存的无名氏的佳联巧对，汇为一册，则何止对研究宗教文化功莫大焉，即对发展市场经济时代的旅游事业，创收创汇，也不可低估。

（原载《新华日报》一九九四年九月二十日）

打鼾拾趣

我曾在报上看到一篇文章，标题颇吓人：《攻克打鼾》，谈打鼾对健康乃至生命的危害性。因我打鼾著了名，有些朋友劝我请医生把“打鼾”彻底“攻克”。我说，我不打鼾便是失眠，更加危及生命，上帝会向我招手的。听者相与哄笑，说我和名医唱反调。我也知道打鼾是有不良影响的，尤其是外出开会，会务组往往煞费苦心，一室二床难得配一位不怕打呼的人。

我还记得一九六三年六月下旬，扬州师院中文系主办全省中国现代文学教材会议。那一年，据说我“表现”尚可，摘去了右派帽子，可去扬州参加会议。下榻梅花岭交际处，那是纪念史可法的史公祠所在地，设施相当现代化。会期内，还有来自北京的全国政协委员华罗庚、潘光旦、吴文藻等十多人到扬州参观访问，其中也不乏“摘帽右派”。当时扬州师院党委书记陈超同志安排华罗庚等专家讲学，又要关心现代文学会议，很忙了一阵子。他是最善于和高级知识分子打交道的领导干部。与会者皆大欢喜，心情舒畅。当我走进豪华卧室，一看是一九五七年以来尚未见过的，该好好享受几夜。一室两床，继我而至者，是一位胖乎乎的人。彼此一通姓名，便热烈握手，互相“久仰”一番。他就是因搞鲁迅研究资料而知名的瞿光熙，江苏师院中文系教授。我和他寒暄了一通，便对他说：我的鼾声挺大，虽时间不长，听说如山洪暴发；结束得也快，又如“人生短促即收场”。他听了，若无其事地说：生理现象，不用介意。当晚，十时就寝，十时半便被一阵雷声惊醒，误以为天有不测风云；其实是瞿光熙老兄打呼噜，食指和中指还夹着一支闪光的烟。我是从不吸烟的。听觉与嗅觉遭到夹攻，再也睡不着，颇感漫漫长夜何时旦。次晨起床，我对他说：彻夜恭听，声如洪钟，可谓绝唱，甘拜下风。他露出得意的笑容，连声说：十胖九呼，生理现象，你不知道么？我报以一笑，一夜鼾声成朋友。十年浩劫中，听说他因忍受不了极左思潮的折磨而跳楼了。要再闻他的烟味，再听他的呼声，岂可得乎？只是音容宛在，挥之不去，悲夫！

更有趣者，是一九八一年十月全国纪念鲁迅诞辰一百周年，大会在北京人民大会堂开幕，由总书记胡耀邦讲话。陈白尘同志率领江苏代表团，下榻北京西苑饭店。我与甘竟存教授同房，但每夜都不见老甘，床上换了在北京搜集张闻天资料的程中原同志，他是来采访上海代表团的于伶同志的。他不怕我打呼，而老甘则每夜打游击，哪里有空铺，他就在那里睡，顺便为我当义务宣传员，从而，我的呼声，便如“好事不出门，坏事传千里”的成语所说，颇有知名度了。

打鼾，有许多别名，俗名叫“打呼噜”，简称打呼。古人叫“鼻息”，比较文雅。“鼻息”一词，见于诗词者，我是从苏轼的一阕词里看到的。苏轼谪居黄州，在黄冈东面江边的临皋筑室而居，因其方位命名“东坡”，后就成了他的别号。他在宋神宗元丰五年壬戌（一〇八二年）九月，夜饮归去，写了一阕

《临江仙·夜归临皋》的词。上半阕是：

夜饮东坡醒复醉，归来仿佛三更。家童鼻息已雷鸣。敲门都不应，倚杖听江声。

据传说，苏轼也是鼾声如雷的。胡适晚年定居台湾，每夜都背宋词。他说："苏轼的《临江仙》是一阕好词，只有一句不好。儿童是没有鼻息的，就是有，也绝不能用'雷鸣'来形容，说得太过分了，这是东坡的贪懒，不肯造句，就是这句不好。"这是胡适指责苏东坡的词未能反映生活真实。苏轼的确夸张了一些，但儿童是有鼻息的，婴儿的鼻息虽小，但五六岁的幼儿的鼻息，有时也是很响的。我的孩子个个打呼，只是未到"雷鸣"的程度。

我的爱人年轻时是不打呼的。但她一直把我的鼾声作为我是否失眠的标志。听不到我打呼，她便催我服药，让我呼呼酣睡，不知东方之既白。说也奇怪，晚年的她也打呼了。难道打呼也传染吗？提供给医学专家参考。

一九九五年

烂缦胡同之恋

北京是一座以胡同著名的古城。胡同最集中的地方，是城南的宣武门和前门之外。在明、清等朝代，北京城南是平民区。胡同之所以著名，与那些胡同里的会馆为全国各省举人赴京会试，提供无偿住宿有关。特别是戊戌变法时期，康有为要求光绪皇帝变法维新，曾七次上书。在一八九五年第二次上书时，住在会馆的一千三百多名举人，几乎一呼百应，都签了名。这就是近代史上著名的“公车上书”，一次轰轰烈烈的知识分子企图参政的运动。科举制度废除以后，进入民国，北京的会馆仍是各省知识分子赴京工作或求学的免费住宅。凡公教人员与青年学子，不用介绍信，凭一口乡音，便可在所属会馆各得其所。如鲁迅在民国初年曾住宣外的绍兴山邑会馆;沈从文、丁玲二十年代初到北京,都曾住过湖南的会馆;我和两位家兄,在二十至三十年代,为了上大学,先后住过前门外草厂十条胡同的长沙郡馆。但是给我印象最深而又最难忘怀的,却是宣外菜市口附近,烂缦胡同内的湖南会馆。

我是一九三二年冬从长沙到北平的,住在长沙郡馆。因家兄吴兰阶毕业于北平师大英文系,他要我报考该校国文系。其时适逢鲁迅即将在北平师大讲演,我算是躬逢其盛,在十一月二十七日的北平师大风雨操场见到了鲁迅。可惜少不更事,虽读过他的《呐喊》、《彷徨》,毕竟所知太少,却也强化了要考上北平师大的信心。我复习了半年功课,真的考上了北平师范大学,得以从大杂院的会馆乔迁高等学府的宿舍,地址在和平门外的南新华街,门外便是厂甸,琉璃厂的旧书店,烘托着最高学府的文化氛围。

我之所以经常怀念烂缦胡同里的湖南会馆,那是因为其一,三十年代中后期,我与诗人李章伯借湖南会馆为社址,创办过北平《小雅》诗刊。其二,一九四九年开国大典之际，我又回到北京，任北京市文教局编审。适逢恩师黎劭西（锦熙）先生任北师大校委会主席（即校长），他和齐白石大师应北京市民政局之请，组成“湖南会馆财产管理委员会”，我也参与其事。黎师因工作头绪较多，嘱托我以“委员”身份，代行“主委”之职。这就是说，烂缦胡同的湖南会馆，我曾利用过它，又曾管理过它。而今进入晚年，难免怀旧，回顾青年时代的所作所为，眷恋之情，自然油然而生。

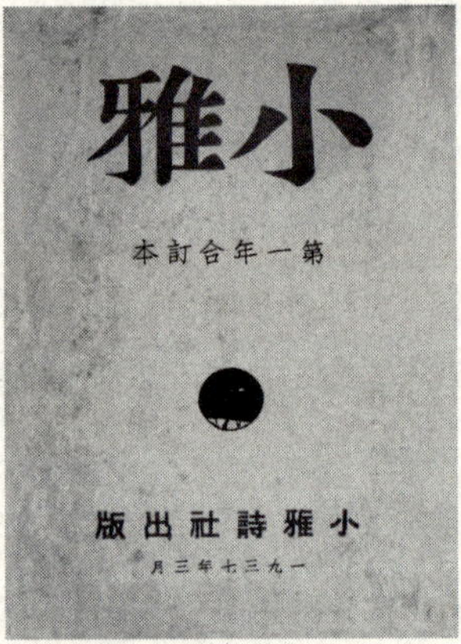

《小雅》诗刊合订本封面书影

当年我们创办北平《小雅》诗刊，正处于一九三一年的九一八事变和一九三五年的一二·九学生运动的时代背景之下。以北平为中心的华北五省，正被汉奸和准汉奸组织所控制。国难当头，各大学青年奋起呐喊，发动了一系列的青年学生示威游行。但是在宪兵、敌伪、特务、日本“浪人”穿梭横行的北平，青年学生徒有爱国热情，是难于持久坚持示威游行的。当时上海文艺界正开展两个口号之争，北平文艺界只有个别作家签名响应，尚无统一的集体行动。偌大的华北五省，连一个呼应“国防文学”的口号，倡导国防诗歌的刊物也没有，与时代气氛太不协调。不少青年深感精神压抑，思想彷徨，面对政治黑暗，社会混乱，无所适从。为了反映错综复杂的社会现实，我们萌生了创办诗刊的念头。纵使不能形成一支“国防诗歌”的队伍，也想显示一批绝不浑水摸鱼的爱国诗人。但是，当时的北平，敌特横行，各大学组织的学联，被分裂为新旧两派，严重对立。要办一个诗刊，连找一个不受干扰的社址也很困难。幸而有人点化：我们是湖南人，住在和平门外的师大宿舍，离宣外烂缦胡同的湖南会馆不过几分钟的路程，照顾比较方便。于是商请湖南会馆的长班（北京看守会馆的人叫长班）李子仲，代替《小雅》诗刊收管邮件。这样一来，诗刊社址问题顺利解决。我们对外不写“湖南会馆”，只写烂缦胡同四十一号，也不公开作为主编的我们的真实地址。这是迫于当时的形势。

此事虽已过去半个多世纪，诗友李章伯也已于一九九三年四月病逝于台北，我却仍然像当年一样，要感谢老资格的北平《京报》，于一九三六年五月十四日，及时编发了长达千余言的《小雅诗刊征稿启事》。启事发表之后，出乎我们的意料，不过半个月之久，竟承不少前辈和平辈诗人纷纷赐稿。李章伯每天骑自行车去取邮件，都感受满载而归的喜悦。

令人感动的是，教过我们“十九世纪英诗选”的师辈诗人吴雨僧（宓）先生，不知我们是他的学生，首先寄来《忏情诗》（绝句）二十首和《吴宓诗集》一厚册。吴宓先生中年丧偶，特感孤寂，经常资助留美女生，似有情意，但最后只收到学生的婚礼请柬。

他为此写了一百多首“忏情诗”，发表于北平《晨报》副刊，为人所记取的警句是“钓得金鳌又脱钩”，一时传为佳话。新诗方面先后收到李金髪、柳无忌、戴望舒、施蛰存、路易士（纪弦）、林庚、李长之、陈芦荻、陈残云、李白凤、甘运衡、陈江帆、吴兴华、蒋锡金、陈雨门、韩北屏、罗念生、张天授、黑尼、史卫斯、水天同、梁之盘、常白、李心若、侯汝华等五十多位诗人的来信、来稿。由于他们的热情支持，《小雅》不仅得以于一九三六年六月一日如期创刊，而且得以保证每期刊物的质量。只是对不起吴雨僧先生，他的《忏情诗》二十首，不是新诗，只好割爱，不过我们为他的《吴宓诗集》登了一则醒目的广告。《小雅》在许多著名诗人的支持下，成为古城北平唯一的颇有影响的诗刊，与稍后问世的路易士和韩北屏主编的苏州《诗志》、戴望舒主编的上海《新诗》，互登广告，交换稿件。这样，便丰富了刊物的信息量，保存了一些新诗史料。近几年来，远在美国加州的纪弦，回忆当年办诗刊的情景，还欣然地指出：《新诗》、《诗志》和《小雅》，鼎足而三，对中国新诗的现代化，做出过一定的贡献；而且强调地说，他始终是中国的现代主义者。的确，我们的现代派新诗，是不摆脱中国诗的悠久传统的。遗憾的是，《小雅》诗刊刚刚崭露头角，因提出“国防诗歌”的口号，遭到宪兵、敌特的威胁。到一九三七年三月，承印《小雅》的印刷厂被查封，不久便是七七事变。我们被迫依依不舍地告别了烂缦胡同。

半个多世纪过去之后，缅怀当年为《小雅》执笔的诗人，有的已先后作古；有的年达耄耋，远在海外；还有的虽都在国内，却散居东西南北，天各一方；其他诗人，不是生死未卜，就是下落不明。他们对我们所“利用”的湖南会馆，几乎毫不知情。有的诗友今天偶尔提起《小雅》诗刊，也只晓得它是从北平宣外的烂缦胡同四十一号冒出来的。最最深感遗憾的是，当我们于七七事变后仓皇撤退时，连同《小雅》诗刊的合订本，诗友们的原稿、信件以及他们赠送的诗集、诗刊，还有我的诗集《暮霭》与《春焰》的手稿，都捆扎于两个木箱内，寄存在湖南会馆长班李子仲处，谆谆叮嘱他妥善保存。谁知世事沧桑，人心叵测，我于一九四九年九月回到北京，首先跑到烂缦胡同湖南会馆，李子仲还在。他说所有寄存的书物，北平沦陷时都被日本鬼子抢光、烧光了。我听了有如冷水泼头，心也凉了。我朝思暮想的那些著名诗人的不可复得的手稿、信件等，竟然全部毁灭了。我虽一向以乐观处世，却也没有过分宽广的胸怀，能容忍这无可弥补的损失！我饱含泪水，离开湖南会馆。走到菜市口，回过头来，目不转睛地望着烂缦胡同北口，向我喷吐冰冷的空气！我的悲愤和遗憾，谁能理解呢？

大概过了半年多，北京市民政局有感于北京会馆之多，年久失修，首先成立湖南会馆财产管理委员会，作为试点，清理会馆财产。我“奉旨”迁入烂缦胡同湖南会馆。长班李子仲，神色仓皇，每天打骂老婆孩子，劝阻无效。不多久，他借口老家有事，离开他住了二十多年的湖南会馆。其后，从街坊获悉了日寇进入北平的一些真实情况。他们说，日军进入北平，注意力不在城南的贫民窟。这里的老百姓因害怕抄家，预先把可以卖钱的东西“打估”。据说李子仲曾分批“打估”书刊，并且烧毁稿件、信件。我这才恍然大悟：我所珍惜的诗友的手稿、信件，早已灰飞烟灭，无可追踪了。这是日寇入侵导致的一笔“国难”账，李子仲可以一走了之，我呢？只好长留遗恨在心头。

一九九四年十一月二十日

（原载《光明日报》一九九五年一月二十五日）

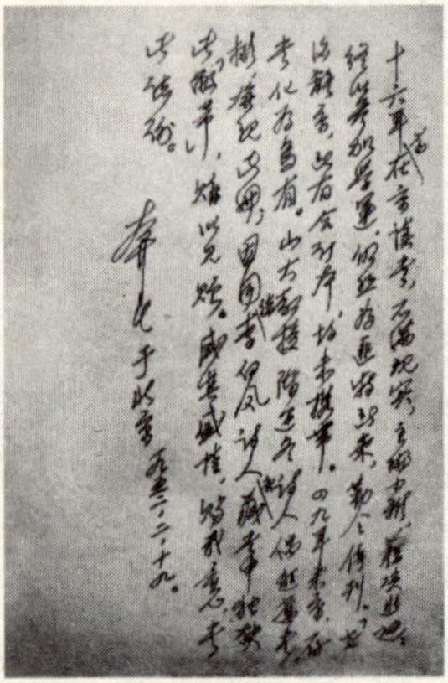

一九五二年二月十九日吴奔星获赠《小雅》诗刊合订本后的题词

儿时作“哭”文

我在一九一九年秋天开始接受启蒙教育。那是震惊中外的五四运动爆发之年，可不懂什么反帝反封建的大道理，只是在音乐课上随声附和地高唱打倒军阀、打倒列强的爱国歌曲。这种随大流的音乐课，训练了记忆力，跟国语课老师领读的“大合唱”相结合，锻炼了背诵国语课本上的歌谣和故事的能力。背诵方面的“熟能生巧”，对三五年后开始作文大有好处。

那时的小学分为初小（初等小学）和高小（高等小学）。初小四年级才开始学习作文。老师并不讲什么写作理论，只要求学生就一件事寻找美好的词句，或者表示欢喜、兴奋；或者表示厌恶、忧愁。篇幅都很短，不过二三百字。

真正由老师命题作文，是从高小一年级开始的。命题范围最初是根据国语课上读过的短文或小诗。那时，老师教过一篇冰心女士的散文《笑》，大家都能背诵如流。还教过一篇王冕勤学的故事，王冕因为贫穷，替人放牛，学习画荷花卖钱，给同学们很深刻的启示。老师便按课文命题，要我们模仿《笑》写一篇《哭》；又要我们模仿王冕画荷花，写一篇画菊花或画桂花的文章。写得好的，便由老师浓圈密点，加上眉批（指出好的词儿、句子）和总评（指出文章的立意和表现如何好），贴在指定的人所必经的墙壁上，叫“佳作传观”。题目上用朱笔打分或分为甲、乙、丙三等。这种办法激发了同学们的好胜心或竞争心。凡作文贴到了墙上，无不兴高采烈，不亚于今天在报刊上最初见到自己的诗文变成了铅字。

我是三岁丧母的，父亲娶了继母，对我不好，由祖母拉扯我长大。我把祖母告诉我的一件事，写成作文，题目叫《哭》。大意是这样：“妈妈躺在木板床上，示意祖母把我拉扯到她的跟前，那时我才三岁出头一点。妈妈抚摸着我的脑袋，只流泪，说不出话来。憋了半天，才说：妈要走了，就是舍不得你。

我说：我要跟妈去，要跟妈去！妈说：你不能去，他们会把我埋到泥土里去的。我说：我用小锄头把妈挖出来。妈听了，眼泪糊住了双眼，再也没有睁开。每当记起妈的死，我的眼也被泪水糊住了。"我的这篇作文，老师浓圈密点表扬了一番，贴在墙上，同学们看了，都知道我是无母之人。

老师向同学们说：写作文就是要写人，要写出人的不同的感情来。老师还要我们写日记。最初，没有什么好写，天天都是老一套："太阳未出，披衣下床。扒几口泡饭，便往学校跑。"老师指点我们："写日记是写作文的基础。日记可写人，可写景，可记事，也可以写所见、所闻、所感和所想。"但是，听来容易写来难。当时，毕竟年纪小，生活经历有限，每天往返家门与校门，没有什么变化，要写出内容来，而且有恒心地写，很不容易。后来，改变办法，把逐日写日记，改为有事则写，无事停写。这样，写日记既可以备忘，也可以为作文作些准备。久而久之，对写日记便有了兴趣，也有了恒心。可惜的是，由于家境清贫，生活不安定，时写时停，小学时代的作文、日记都没有保留下来。

我建议今天的少年儿童，珍惜比我们优裕得多的环境和条件，坚持写日记。日记，是个人的历史；个人是社会的细胞。个人的日记便是社会的历史、国家的历史的最可宝贵的第一手资料。珍惜个人的历史是可以和爱国主义相联系的。

今天的少年儿童处在比父辈们更幸福的改革开放的年代，应该用日记的形式把幸福生活记录下来。青春在哪里是很难回答的。如果写了日记，便可以高傲地回答：青春留在我的日记里！小朋友们！如果你能坚持写一部为时十年之久的日记，便是一座通向人民作家的桥梁。珍惜童年，实际是为发展青年时代打下坚实的基础。别小看童年的作文，在童年的作文里，蕴藏着“寸金”难买的“寸光阴”！

一九九三年六月一日

（原载《校园与家庭》月刊一九九五年第一、二期合刊）

少年夫妻老来伴[①]

幸福人生的标志是什么？

古往今来，有很多的回答。但最生动而又最概括的回答，则是咱们古老而又年轻的祖国的一句俗语："少年夫妻老来伴。"这句家喻户晓的俗语的时间跨度，包括少男少女从黑发青年到白发老年的一生发展历程。这个发展历程凡是恩爱夫妻都是期盼的。所以青年情侣，一旦喜逢"洞房花烛夜"，便有至爱亲朋致送贺礼，写着"鸾凤和鸣，白头偕老"的祝辞。

但是，天有不测风云，人有旦夕祸福，不论"少年夫妻"，或是"老来伴"，都隐伏着天灾人祸导致夫妻生死离别的危机。普天之下真能白头偕老的夫妻，毕竟是较少的。天灾（如地震、龙卷风等）造成

① 署名"东方亮"。

的夫妻死别的悲剧，毕竟是较少的；而人祸（如历代的战祸，特别是日本帝国主义的入侵、反动政权的迫害等等）导致家破人亡，夫妻离散，则是惨绝人寰、史不绝书的。试读几首唐诗，便知唐代的战争破坏了多少青年男女的"白头偕老"。杜甫的诗如《石壕吏》、《新婚别》等是大家最熟悉的。杜甫通过个别夫妻的悲惨遭遇，令人想到普遍的人间悲剧；而陈陶的《陇西行》"誓扫匈奴不顾身，五千貂锦丧胡尘。可怜无定河边骨，犹是春闺梦里人"，则流露了成千上万的青年妇女的血泪控诉。唐玄宗与杨玉环的"死别"，算不了什么"长恨"，陈陶笔下的男女的命运才是真正的"天长地久有时尽，此恨绵绵无绝期"。历代诸如此类的《长恨歌》是罄竹难书的。

至于当代的人祸，那就是人所周知的十年浩劫的"文革"，制造了多少中、老年夫妇生离死别的社会悲剧。我见过一首新诗《别》：

你走了，
没有留下地址，

只留下一串笑容
在夕阳里；

你走了，
没有和谁说起，
只留下一双眼睛
在露珠里；

你走了，
没有说去哪里，
只留下一排影子
在小河里。

你走了，
笑容融化在夕阳里，
双眼动荡在露珠里，
影子摇晃在河水里。

哪里都有夕阳，

哪里都有露珠，
哪里都有河水，
你走了，
留下了整个的你！

这是以含泪的微笑，暗示许多“臭老九”夫妻，突然被拆散，彼此不知去向与下落的社会悲剧。诗人忍住痛楚，寓哀于乐，忍看多少被拆散的男女在幻梦中冥想夫妻的团聚，一反哭哭啼啼的所谓“伤痕文学”的笔调。在“文革”十年，还有不少老革命干部，被弄得家破人亡，妻离子散。其中有诗为证的是陶铸同志。他写给夫人曾志的七律：“重上战场我亦难，感君情厚逼云端。无情白发催寒暑，蒙垢余生抑苦酸。病马也知嘶枥晚，枯藤更觉怯霜残。如烟往事俱忘却，心底无私天地宽。”这是陶铸的绝笔诗，即揭示自己的坦诚心态，又感怀夫人的深情厚爱，一字一泪，令人不忍卒读。

“少年夫妻老来伴”是人生幸福的标志。其中从少到老的一个“白头偕老”的过程的完成，既需要一个安定的社会环境，也需要夫妻双方的主客观的内在和谐，二者相较，安居乐业的生态环境是最主要的。家庭乃社会的细胞，反映着中国传统文化“修身、齐家、治国、平天下”的源远流长。在咱们的祖国，“文革”之类的“人祸”，已成历史的陈迹，国泰民安，形势大好。普天之下愿成眷属的有情人，只要男女双方主观因素和谐，必能“白头偕老”，并能以毕生精力，为祖国的繁荣昌盛，作出辉煌的奉献。

（原载《精短散文小品》，江苏文艺出版社，一九九五年）

忠厚长者唐圭璋老大哥

唐老逝世快五周年了。他逝世时，我只写过一首七律和一副挽辞，以寄托我的哀思，终觉未尽所怀。每到他的忌辰——十一月二十八日，总想再写点什么，以悼念这位高风亮节的词学前辈！

我也垂垂老矣，怀旧之情不时油然而生。唐老长我一轮——十二岁。他是老大哥，在词学研究上是老前辈。他为人厚道诚朴，有长者风度。我和他相识与相交近四十年。由于众所周知的原因，我于一九五八年初，怀着十分沉重的心情，离开了"百万雄师过大江"的南京，前往自古为兵家必争之地的徐州，只能和他隔江相望，"千里共婵娟"了。

一九六二年春节前夕，获得徐州市委的关怀，我被摘去戴了五年的右派帽子；又承原单位工会给予我去南京汤山工人疗养院休养一个月的待遇。有人说：此次摘帽近乎过去朝代的"假释"，千万别翘尾巴。我摸摸后部，答曰：既已从猿到人，无尾可翘了。相视莞尔，心照不宣。

年纪毕竟大了，也忘了具体月日。只记得时候是夏天，我挟着几件换洗衣，欣然乘车南下，前往汤山。由于被孤立了五年，已习惯于自觉地回避熟人，快到第二故乡南京市区，不禁产生像初唐宋之问从贬所逃归的那种心情："近乡情更怯，不敢问来人。"只顾低头走路，生怕碰见熟人、同事或学生。谁知一进汤山疗养院，首先遇见的竟然是在那里长期休养的老大哥唐圭璋教授。他似在散步，我们相见，不是握手，而是"捧手"。两双手捧在一起，他连声说："好哇！好哇！又走到一起了。"但他不是右派，也从不认为我是右派。没有多问其他，我的孤独感一下子消除了。经过五年的"学习"与"改造"，我在唐老跟前竟毫无顾忌。我相信他是忠厚长者，不会打"小报告"的。这就使我故态复萌：口若悬河，滔滔不绝，向他作了汇报。他不以为意，笑容持续很久。听说我的爱人和孩子都过着正常的生活，他更是连声说："好哇！"从此，我和唐老几乎朝夕见面，除了午休外，早晚多在一起谈天或散步，他知道我是失去言论自由，不能向外投稿的。我告诉他新诗早已不写了，偶尔写几首旧体打油诗。我有时看看《人间词话》，写了一篇将近两万字的论文《王国维的美学思想——境界论》，准备在汤山修订补充，疗养期满，好向唐老讨教。谁知不期而会，唐老也在此疗养，真是“喜出望外”，特别感到亲切。

我念了一首关于徐州淮海战役纪念塔正将竣工的五绝“塔在如人在，情深似海深。曾将一滴血，赢得万家春”，作为见面礼，他连声说：“好哇！对仗工稳，情真意切。这是歌颂革命烈士的诗，真正的右派是写不出来的。”唐老的肯定温暖了我一度冰冻了的心。

当年我的记忆力颇佳，凡《人间词话》引用的古代诗词，大体都能背诵十之八九。唐老是词学专家，我和他便有了较多的共同语言。每天聊天的内容多半是谈诗论词。谈得最多的是李清照。唐老认为李清照是中国词史上第一位既懂理论又精创作的女词人。她把词的性质界定为“别是一家”，便和苏东坡等人以诗为词划清了界限。她坚持词乃别是一家的观点，便使她自己的词风有了独特性。我很同意唐老的意见，并问唐老：李清照的这种评议前人的观点，同她在汴京沦陷之前和她的丈夫赵明诚搜集金石评点古玩，养成了批判的审美的眼光，可能有点关系吧。唐老一听，连忙说："不是有点关系，而是有大关系。"他说我的看法对他颇有启发，这使我深受鼓舞！我和唐老都最欣赏李清照的《声声慢》、《一剪梅》（"红藕香残玉簟秋"）、《凤凰台上忆吹箫》（"香冷金猊"）、《武陵春》（"风住尘香花已尽"）和《念奴娇》（"萧条庭院"）等词。我问唐老："关于李清照是否改嫁的问题，您一向持否定态度，现在还坚持否？"唐老回答说；"不是坚持，而是李清照事实上未曾改嫁。"我说："改不改嫁可以百家争鸣！"唐老肩头上耸，说："学术问题可以百家争鸣，事实不能争鸣；改嫁不是事实，何必争鸣！"唐老言之凿凿。我来不及记录他博闻强记的引证，只是听他说。他有一个习惯，平时沉默寡言，一到话匣打开，便滔滔不绝，别人难于插话。我听他背诵李清照的前后期代表作，总觉得李清照的感情，一贯感伤，情见乎辞，言为心声，不像是改嫁妇女的口吻。如《声声慢》下片的“守着窗儿，独自怎生得黑?”是赵明诚死后的心情。至于《凤凰台上忆吹箫》的上片：“香冷金猊，被翻红浪，起来慵自梳头。任宝奁尘满，日上帘钩。生怕离怀别苦，多少事，欲说还休。新来瘦，非干病酒，不是悲秋。”还有《武陵春》的上片：“风住尘香花已尽，日晚倦梳头。物是人非事事休，欲语泪先流。”都流露着忍受孤独、寂寞和愁苦的心情，不见另有所欢的痕迹。我以此为据，认为唐老关于李清照未曾改嫁之说是可信的，他也信以为然。我说：“感情是不能假造的。”他认为我的意见替他作了强有力的支持。既有词为证，自不必怀疑。

唐老自己三十六岁丧偶，当时虽已年过花甲，却一直不提续弦，不搞所谓“黄昏恋”，而是全心全意扑在学术事业上。原因是伉俪情深，不愿再娶。他从夫妻关系的深刻感受出发，将心比心，加上其他有力证据，便始终坚持李清照未曾改嫁之说。郭老（沫若）在解放后，仿作《声声快》一词，也曾戏言：女人毕竟是女人，丈夫死去自可改嫁，只是在封建社会，妇女所贵者是从一而终，即使改嫁，也得遮遮掩掩，弄得是非难辨。他似乎是主张改嫁说的。至于唐老的观点，李清照即使曾遇强暴，改嫁则无之。这些多在朋辈之间流行，讲学时也偶尔提到，未知唐老公开发表文章否！

我在汤山一个月，与其说是疗养，不如说是听他讲说诗词。这是我生平最有纪念意义的一页，忘不了唐老的教益和友谊。我和他谈论李清照的改嫁，只是想把我写的关于《人间词话》的长篇论文，请他指教。他看了论文后，认为我是最早从美学的视角研究王国维的"境界"论的。他多所肯定，我请他直言其非，让我"闻过则喜"。他说《人间词话》是一本词学理论的基础读物，很多论点，深入浅出，发前人之所未发，我都指出来了，可以提高读者对诗词的审美水平。他准备把论文转交《江海学刊》的主编孙叔平，因孙叔平同志曾多次约他写一篇关于《人间词话》的文章，他因病未写，我的论文正合时宜。由于唐老的推荐,同年九月《江海学刊》便发表了这篇论文。这是我在“摘帽右派”期间公开发表的一篇长篇论文,在海内外尚有影响。论文结尾,附加了几句向唐老致谢的话,但此文在八十年代被收入《人间词话及评论汇编》一书时,却被编者删去了。这就更有必要在此添上一笔,衷心缅怀并感谢我的老大哥和老前辈唐圭璋教授。

一九九五年五月四日

(原载《光明日报》一九九五年七月十二日)

一九九六年

悼艾青

艾青同志逝世，我不觉得突然，原因是在今年三月二十七日他八十六岁生日的后八天，我曾收阅久住协和医院的臧克家夫人郑曼大嫂的信：“艾青同志也住在这里。高瑛本想给他在家过一次比较热闹的生日，谁知离生日前一周就病了。来医院后，一直咳嗽气喘。三月二十六日一口痰上不来，忽然休克，心跳、呼吸停止一个多钟头；虽然抢救过来了，至今尚无什么神智，全靠药物维持。”从此，便悬悬在念，祝愿他早日康复。五月五日又收到臧老写于五月三日的信：“我已于四月三十日出院，身体还可以，但进步甚慢。艾青同志略有转机，但尚相当严重，望苍天保佑老诗人。”谁知就在我收阅臧老来信的当天凌晨四时十五分，艾青同志永远离别了人间。如此之快，真是出乎我的意外的。我不只是悲痛，而且有一种难于负荷的沉重感！

我和艾老同在三十年代初、中期的《现代》、《新诗》等刊物上写诗，相知六十多年。但由于日寇入侵、工作调动、极左思潮泛滥等原因，六十年间仅仅三次见面，是我一生引以为憾的。我和艾青的第一次会面，是在一九三九年六月的一个上午，我和诗人吕亮耕从衡阳到桂林，立即去看望正在编辑广西日报《南方》(后名《漓水》)副刊的艾青。一通姓名，不说什么"幸会"之类的客套话，就像分别已久的老朋友，一同到广东餐馆吃早茶。边吃边谈，谈他与戴望舒合编了一期高水平诗刊《顶点》，并发表了他的诗美学论文《诗的散文美》；谈他从北方流亡到桂林，写了不少诗。我们也告诉他，桂林只是我们流亡途中的一站，还要去贵阳。他说，流亡可以出好诗，他也还要流亡到湖南去教书。他鼓励我们在流亡途中多写诗。当时正是日本侵略军的枪炮与轰炸，导致亿万中国人民流离失所不能安居乐业的国难时期。我们会面不久，他真的流亡到了湖南。一九三九年九月，他应聘到湖南衡山乡村师范学校教国文。校址原在湖南衡山，因避日寇轰炸迁往偏远的新宁县。我听说艾青在这个学校，一九四〇年九月，我也应聘去教书，但当我到新宁时，就听说艾青已在四个月前离去，我是来接替他的，便大失所望。不久，我才了解到，这所学校的老校长汪德亮颇有民主作风，尊师重道，但在艾青到校时，他已因故离去，领导权落在一些党棍手里。艾青觉得新宁山水优美，但环境险恶，既不能育人，也难于写诗，聘期未满，便提前走了。同学们告诉我，艾青老师在学生中威信高、影响大，遭到妒忌。他们知道我见过艾青，也写新诗，便经常到我的住所来，把艾青编的诗集《北方》给我看，我讲了不少赞扬的话，传开出去，也就遭到党棍们的"重视"。艾青的离去是我的前车之鉴。三十六计，走为上计。不到半年，我也离开了新宁。

解放后，我在北京市文教局任编审。诗人戴望舒从香港到北京，工作不久，即因哮喘病不治去世。一九五〇年三月五日为他召开了追悼会。艾青与徐迟两同志站在门口迎候前来吊唁望舒的友好。我在徐迟的引导下签了名，艾青走来和我握手，还是桂林初会时的笑容。艾青招呼我和老舍先生坐在一条阿Q说的“条凳”上。会场不大，到会者三十多人，由茅盾先生主祭，他与到会者一一握手。他致悼辞，盛赞望舒新诗的成就和影响，称赞他带病从香港归来，从事社会主义建设，是令人钦佩的爱国主义者。茅盾先生致辞后，大家心情沉重，未能畅谈坚持八年抗战的离情别绪，便各自分散了。这是我和艾青的第二次会面。

第三次会面，相隔了四十年。艾青在北京，我调南京。在一九五七年的那个不平凡的春天里，我们各就各位，他去北大荒，我去苏北，直到一九七八年，又一个“不平凡的春天”到来，拨乱反正，改革开放，百废俱兴。我们才有第三次会见的可能性。

一九九一年八月二十五日，我应邀参加了在北京人民大会堂召开的艾青作品国际研讨会。高瑛大嫂给我和艾老留下了久别重逢的握手照片。

他走了，我却从他的四句话和一首诗中发现他

一九九一年八月二十七日吴奔星与艾青合影于
北京艾青作品国际学术研讨会

一幅永垂不朽的自画像。一九八三年初夏，他在《我的创作生涯》一文的结尾，说了四句话："我是乐观的，也是达观的。一辈子不知摔过多少跤。摔倒了，自己爬起来，拍拍身上的灰土就完了。我即便一边流血，一边也还笑着——"这饱含哲理的富有诗的散文美的四句话，紧接着是一首用以自喻的小诗《礁石》："一个浪，一个浪/无休止地扑过来/每一个浪都在它脚下/被打成碎末，散开……/它的脸上和身上像刀砍过的一样/但它依然站在那里/含着微笑，看着海洋……”他的四句话，集中表现了他的世界观、人生观、美学观，形成他的高尚的人品。再看与其人品相协调的诗品，便如一座立体地耸立着的光辉的雕像，向着人海微笑。这座雕像式的自画像提示我把我们相识六十年，只见过三次面的情景，浓缩为一副挽联：

四句话，一首诗，音容宛在；

六十年，三回见，遗憾无边！

艾青人品和诗品千古流芳，永垂不朽！

（原载《文艺报》一九九六年七月十二日）

谢六逸与鲁迅

报载谢六逸先生的文集问世了，我很高兴。他是中国新闻界的老前辈，创始过复旦大学新闻系，桃李满天下。但我认识他是在抗日战争时期，他主持贵阳师范学院中文系工作。其时，我在桂林师范学院附设广西教育研究所任研究员，与梁漱溟先生同事，和谢先生有书信联系。

一九四三年秋，日寇从武汉南下，长沙危急，桂林震动，我拟去重庆或成都。经过贵阳，谢六逸先生把我中途留住了，要我讲授“新文学概论”。后因尚无高年级学生，新文学是选修课，暂停，改授“杜诗选讲”和“古代文选”两门课。课余之闲暇，他经常找我聊天。我们和主持白鸟书屋的诗人汪铭竹，都是中华文艺界抗敌协会贵阳分会的负责人。抗协的活动，有时在他家，有时在白鸟书屋，有时爬上附近的自然风景区图云关，那是从广西、湖南进入贵阳的关口。我们海阔天空地畅谈，消耗不多，顶多是一瓶茅台酒，半斤花生米。那时，常在一块儿的还有曹未风教授，他是我在北师大读书的学长，英语系毕业。抗战前夕，他从英国归来，同在贵阳师范学院教书。他是贵州茅台酒厂老板的乘龙快婿，在他建议之下贵阳成立了文通书局，由他任总编辑。他也是抗协负责人，他如参加谢的活动，便亲自提酒来。我是不喝酒的，谈话可不少。当我们谈到和谢六逸有关的鲁迅的《教授杂咏》四首，谢六逸记忆犹新。他说：那是鲁迅在一九三二年—一九三三年写的。其时，他正在上海教书、著书、编书。他说《教授杂咏》原只三首，分别讽刺了钱玄同、赵景深和章衣萍三教授，是在一九三二年写的。关于他的一首写于一九三三年，算是候补上去的，许广平一九三八年编辑《鲁迅全集》的《集外集拾遗》只收入三首。关于讽刺谢六逸的那一首，是许寿裳先生一九四七年九月写了篇《鲁迅的游戏文章》，才合称为《教授杂咏》四首。这是后来才知道的。我们在贵阳会面时，鲁迅的《教授杂咏》只有三首，为许寿裳所补入，照谢六逸的说法，也算是候补。根据许寿裳的看法，鲁迅确是以游戏的笔墨写的，并无刻意讽刺他们的动机。当年在贵阳，谢六逸是长者，我们在闲谈中，他能背出鲁迅写他的那一首："名人选小说，入线云有限。虽有望远镜，无奈近视眼。"

要是不加注释，这首诗也是难于理解的。谢六逸当年说，这是因为他在一九三三年三月编了一本《模范小说选》，由上海黎明书局出版，只选了鲁迅、茅盾、叶圣陶、冰心、郁达夫等五人的小说，送给鲁迅一本。鲁迅是针对该书谢六逸的序言而写的诗。谢六逸在序言中说："我只是选了五个作家的作品，……我所做的是'匠人'的工作。匠人选择材料时，必要顾到能不能上自己的'墨线'。……这五位作家的作品，可以上我的'墨线'，所以我要'唐突'他们的作品一下了。"谢六逸当然知道全国不止这么五个作家，可能会挨骂，所以他在序言中又说："而且骂我的第一句话，我也猜着了，……就是'你是近视眼啊！'其实，我的眼睛何尝近视？我也曾用过千里镜在沙漠地带，向各方面眺望了一下。”鲁迅的诗虽针对谢六逸的序言，字里行间却并无恶意，确是游戏笔墨。鲁迅之所以讽刺他是近视眼，那是因为一九三一年九一八事变后，救亡呼声响遍全国；而国民党的宣传部长张道藩却指挥“民族主义文学”那班人马，成立所谓“上海文艺界救国会”，列名者有朱应鹏、徐蔚南等人。鲁迅听说其中有谢六逸，便写了《沉渣的泛起》（收入《二心集》）一文，指出他们不过是一群在国难声中趁势浮起的社会渣滓，其“最后的命运，也还是仍旧沉下去”。谢六逸见报，立即在左翼报刊《文艺新闻》发表公开声明：他与所谓“民族主义文学家”从无牵连。鲁迅明白真相后，又见谢六逸的序言指责国民党政府统治下的文艺界是一片沙漠地带，从而消除了一场误会。一九三二年九月“九一八”一周年，进步报纸《立报》在上海创刊，谢六逸任该报副刊《言林》主编，约请郭沫若、巴金、夏衍等写稿。鲁迅虽因病未写，也曾收到约稿信。鲁迅的两次函复，都收入新版《鲁迅全集》。鲁迅病逝后，《立报·言林》首先在十月二十四日刊发“鲁迅先生逝世纪念特辑”，谢六逸自己则以“无堂”的笔名，发表了《挽鲁迅先生》一诗：

鲁鸡啼甫旦，
迅尔溘然逝，
先路千千言，
生年五五岁，
精心何洁白，
神志特坚锐，
不料乍西归，
死哀人尽涕！

这是一首嵌字五言律诗，嵌进了“鲁迅先生精神不死”一句话，歌颂中国的民族魂。当时他用笔名，旨在避开文网的追踪。我与谢六逸共事时，因讲授杜诗，他曾把这首诗抄给我看，我说风格独特，过去尚未看到，今天拜读如此挽诗，仍然深感悲痛。可是，就是这样一个谢六逸先生，竟有《教授杂咏》的赏析者，扣了他一顶“国民党御用文人”的高帽。谢六逸先生谢世已逾半个世纪，九泉有知，当然不胜感慨，友好门生闻讯，自然更感悲痛！如此厚诬古人，真是呜呼哀哉！

（原载《灵魂的窗口——名家文化散文·思想随笔精品集》，北京图书馆出版社，二〇〇一年）

一九九七年

痛悼徐迟

真是做梦也没有想到的事:一九九六年上半年的末尾,艾青去世;下半年的末尾,徐迟去世。他俩都是我在青年时代结识的诗友,一段源远流长的梦幻般的友谊,一条断断续续的感情的河,迫使我老泪盈眶。艾青虽然经历了一段坎坷的历程,但他有一个幸福的家庭,晚年为新生的祖国唱了将近十年之久的赞歌;徐迟的晚年则是"漂泊"于武汉、深圳、南浔(即他的原籍浙江吴兴的老家),往返数千里,疲于奔命,身心都得不到安定。一个年届耄耋的诗人,怎能耐此长期而又长途的人生苦旅?尽管如此,但我从未想到他会"不幸"而逝,总是希望他能结束奔波,过几年比较稳定的生活,完成他在诗歌、散文、报告文学乃至翻译事业上的未竟之业。他是一位诗通中外，学究天人的老诗人、老学者，当今的作家，在博学多才方面，还很少有能出其右者。他的晚年谈不上天不假年，或者昊天不佑，而是他的人生苦旅，越走越窄，精力衰竭，难免冲冠一怒，拍案而起，终于噩耗传遍海内外。他何曾想到，自己的模糊血迹，要由诗友和读者的热泪去洗刷，悲夫！

我在一九九六年十二月十四日由南京到北京，参加中国作家协会第五次全国代表大会。当我住进北京京西宾馆时，便怀着满腔热切的期待，希望徐迟从湖北作家代表团里出现。但是恰恰相反，十五日上午山东诗人桑恒昌同志等三人来到我的住处，相互握手之余，恒昌告诉我，徐迟已在十二日深夜死去了，他是听湖北代表团的诗人曾卓说的。曾卓也是我的老诗友，消息源来自湖北，当是准确无误的。我一时语塞，眼泪止不住，表情也黯然了。恒昌一再劝慰，我实在忍受不住这么大的喜与悲的反差，只是轻轻地说：我要去找曾卓问问底细。

我与徐迟相知于一九三六年的下半年。那一年的上半年六月一日，我在北平创办的《小雅》诗刊问世。四个月后的十月一日，徐迟与路易士（纪弦）支持戴望舒创刊《新诗》月刊于上海，徐迟是《新诗》的编委，从而南北两诗刊交换稿件，互登广告。但是，好景不长，由于国民党政府对日寇侵略的步步退让，终于发生了一九三七年卢沟桥的七七事变。在日寇的侵略下，诗人流亡，诗风大变：由宣泄个人的内宇宙，开始悲歌民族的大灾难，把希望寄托于中国共产党的停止内战、全民抗日的号召上。经历八年的浴血抗战，新中国在血泊中崛起。东方红的歌声，成了人民共和国建国初期诗坛的主旋律。参加过抗日战争的中老年诗人，大多聚集北京。连首倡象征派诗歌的戴望舒，也先后写了《元日祝福》、《狱中题壁》等和人民共患难的押韵的新诗，并放弃香港优裕的物质生活，抱病回归祖国的心脏北京。不幸的是，他终因哮喘病不治而死，时在一九五〇年二月二十八日。同年三月五日，部分留京诗人，为他在北京宣武门内新华社国际俱乐部举行了追悼会。由茅盾先生主祭，到会者有老舍、胡乔木、卞之琳、艾青、徐迟等三十余人，照顾会务的是艾青和徐迟。当我到达时，刚刚签名于一张白纸上，艾青首先和我握手。徐迟引我同老舍坐在同一条凳上。我因为曾代表北京市文教局邀请老舍先生，为当时北京市职工业余学校的语文教师开过几次诗与散文的专题讲座，加之在抗战时期，我唱和过他的旧体诗，从而，我们之间颇有共同的语言。茅公最后到会，该来的诗人、作家都已到齐，他与到会者一一握手，便走上讲台致悼词。大家心情沉重，很少叙谈阔别八年的心情，只记得茅公的讲话，有这么一句：望舒逝世，是新中国诗坛的重大损失。但能在新中国给他举行如此沉痛的追悼会，他也可以含笑于九泉了。追悼会结束，我帮徐迟整理了一下散漫的桌椅。他紧握我的手："一切的话以后有机会长谈。"艾青在旁点点头，都在含泪的微笑中各自归去。这是三十年代中期我与徐迟相知之后，到五十年代初期的第一次相会。但因我在一九五二年调离北京南下江苏工作，与他们并没有长谈的机会。曾几何时，由于众所周知的原因，艾青、徐迟和我一别二十多年，"长别"代替了"长谈"！

直到一九九四年的十二月中旬，香港诗人犁青和广州诗人野曼发起的第二届世界华文诗人笔会在深圳召开，我应邀前往参加。徐迟其时正住在深圳的儿子家中，也参加了大会。与一九五〇年相会，已隔了四十多年，彼此的相貌已非“原版”。我们一下子握住双手，徐迟连声问：“你是奔星吗？”窗外阳光普照，室内霓虹闪烁，我们却有“犹恐相逢是梦中”之感！

当天会场人头拥挤，声音嘈杂。徐迟指着大群的人说：“人海战术不是诗人辈出之所。”他的意思是说：诗人为个体脑力劳动者，不能搞“大兵团”行动。他在我的心目中是一位好学深思的人。但因为分别太久，虽在饮茶吃饭时刻，也要谈谈彼此的家庭生活。他在一九八四年失去老伴，我在一九九三年失去老伴。我说：在这次笔会上，我俩是两个老鳏夫。他摇摇头，迫使我追问一声：难道你又有了新的嫂夫人？他又摇摇头。我又追问一声：是正在搞“黄昏恋”吗？他仍摇摇头，苦笑地念出“夕阳无限好，只是近黄昏”的诗句。我说：“黄昏”不是贬义词，“黄昏”之后，不是“月上柳梢头，人约黄昏后”的最佳时刻吗？他又苦笑地反问：“难道你也经历过‘人约黄昏后’的时刻了吗？”我说：“青年时代有过，但与耄耋之年的‘黄昏恋’不同。”他说：“你是怎么对付孤独的？”我说：“简单得很：一本书、一支笔、一张车票或机票。”他说：“你在说笑话吗？一本书、一支笔，指用读书和写作消遣孤独；要一张车票或机票干什么？”我说：“那是应邀赴外地开会，看看旧友新朋，我称之为易地疗养，可以调剂读书和写作的单调生活。”徐迟听了，表情活跃起来，自言自语地看着我：“好一个易地疗养。”我说：“你也喜欢易地疗养？”他摇摇头，说：“不，我倒羡慕狡兔三窟。”我听了，不觉糊涂起来，追问一句：“狡兔三窟是贬义成语，您想到哪里去了？”他忽然脸色下沉，嘶哑地说：“一场不幸的‘黄昏恋’，使我对‘三窟’求之不得。”毕竟是老朋友，他开始吐露真情了：“从表面上看，我比你好。浙江吴兴有生养我的老家，深圳有我儿子的家，武汉有我糊口并长期工作的家。这不也是你说的三窟吗？但是，都不是我安身立命之所。我也是想‘易地疗养’，事实上却做不到，奈之何哉！?”话说到这里，他沉思了片刻，我只好问他：“你打算怎么办?”他双手合拢，然后使劲分开，说出一个字来：“离！”接着解释：“我之所以往返于武汉、深圳、南浔三点之间，就是为了烘托‘离’的气氛。”我没有马上说话，只是片刻沉思：徐迟要不是真正绝望，用心良苦怎会到如此地步！

最近的事实证明：从当时的一九九四年十二月中旬，到一九九六的十二月中旬，整整两年，他显然实现了一个“离”字，但为了“离”而以自己的生命作代价，却是与他的性格不符合的；更是和他用心良苦所设计的三点一线的“漂流”生活不符合的！

徐迟不是厌世的悲观主义者，他是热爱生活的。他在深圳的会场，经常穿一件红棉袄，若有友人邀他合影，他一定要回住处，打上领带，穿上西装，然后含笑而立。他一贯如此，怎会忽然轻生呢?在深圳的华文诗人笔会上，凡有舞会，他也到会，虽已八十高龄，只要年轻的女诗人向他招手示意，他也欣然而去。他的翩翩舞步，显示青春永驻。我边看边想，舞池上的徐迟，像一首活泼的抒情诗。我曾写出二十六行的《向舞池寻找徐迟》一诗，发表于《华夏诗报》，我相信徐迟是看到过的。如此热爱生活、珍惜生命的诗人徐迟，怎么会在冷冰冰的深夜里轻生而去呢了？我怀疑，我痛惜！

一九九六年十二月二十日夜草于北京京西宾馆一〇一六室。同月改于南京。

（原载《香港文学》一九九七年第三期）

高龄诗人臧克家和他的家人

《诗刊》创刊四十周年了，就不能不想到《诗刊》的主要创始人、现已九十二岁高龄、并正躺在协和医院的老诗翁臧克家同志了。因此，我们在祝贺《诗刊》“四十而不惑”的大庆的日子里，就决不能忘怀祝贺臧老更加健康长寿。

我作为克家同志的读者和朋友长达七十年之久，“文革”以后的二十年来，关系尤为密切。七十多年来，他为摧毁一个没落的腐朽的时代，迎来一个新生的健旺的时代而激情歌唱，达到了积劳成疾的地步。在新中国诞生之时，他借代表中国人民的大多数的鲁迅先生的高尚的人品，反衬一小撮倒行逆施的民族败类，写了震撼遐迩的政治抒情诗《有的人》，讴歌真善美，鞭挞假恶丑。在建设社会主义精神文明和物质文明、培养“四有”公民的今天，这首诗的主旋律，就更为铿锵响亮。它旗帜鲜明，爱憎突出,是可以配谱歌唱的。

臧老长期卧病,在看望他的朋友面前,谈笑风生,显得生命力旺盛,没有被病魔征服的迹象。但是,他的家属和亲友,并不隐讳他的病情。他的心肺都有毛病:房颤与结核折磨着他,有时体温高烧达摄氏三十八度左右。有时腹泻,每日多至十五次。英雄难耐三遗矢,何况是九十冒头的老人。他的体重,两年来,由一百三十斤降至八十二斤。但他在病魔面前从不示弱。他的思维仍然是那么清晰。一九九六年十二月全国作代会后,他的病情曾一度紧张。他本是出了医院的,又返回医院急救。他最近(元月二十四日)给我的信,是他口述、由夫人郑曼大嫂笔录的。他说:"弄得我一点力气也没有了。""今年可能要在医院过春节了。"其实,他因病住院,从一九九五年到一九九六年,整整两年,都是由郑曼日夜陪伴,没有回过他住了三十年的四合院。即使病情好一点,他也是借住在靠近医院的一个公寓里,随时准备应付病魔的突然袭击。

一九九五年十月中旬,北京召开毛泽东诗词国际学术讨论会。臧老是名誉会长，未能赴会。我和香港、青岛、湖北的三位代表，去他借住的公寓看望他。那次，臧老特别高兴，同来访者一一握手、拥抱。尽管他的体重锐减，仍显得精力充沛。郑曼大嫂陪伴在侧，一边招待客人，一边注视臧老的表情，令人感到自然、亲切。他在病榻上写了一篇两千字左右的文章《济济一堂共论诗》，向大会表示祝贺。

会后，我告诉贺敬之同志。敬之同志是会长，是异常关心臧老的。他对我说："臧老以病延年，得力于夫人郑曼，郑曼是贤妻良母。"我同意他的话，并且强调郑曼是标准的贤妻良母。臧老病重时期，她忘我地侍候，尽管内心焦急，却从不忧形于色；面对客人，像平常在家一样，温、良、恭、俭、让，兼而有之。她既有传统的文化教养，又有深厚的文学积淀。她陪伴臧老，自有较多的共同语言。她侍奉汤药，细心，耐心，恒心，温柔体贴，无微不至，体现了全心全意，使臧老没有多少离家治病的感觉。郑曼大嫂的身教，影响子女儿孙。俗话说：久病无孝子。在今天，不必久病，也难得有孝子贤孙。而在臧家，却是例外。他的子女目睹妈妈日夜操劳，很自然地形成了一个勤勤恳恳轮流值夜值勤的整体，从而使郑曼在百忙中得到间隙性的休息，臧老也感到莫大的欣慰。臧老的病，有时出现紧急情况，都由于医护人员的高尚医德与高超医术，和家属的耐心护理相结合，总在抢救中转危为安。

臧老的病情之所以能从紧急情况转为平稳，也与臧老的主观条件和医护人员以及定性的客观条件紧密配合有关。众所周知：臧老一生很重视身体的锻炼。他在平时，早、中、晚都要在他的四合院外

一九九一年八月二十七日吴奔星（右）
与臧克家及其夫人郑曼合影

散步。附近的父老儿童都知道赵堂子胡同有一个老诗人。连幼儿园的孩子也要亲切地叫喊“臧爷爷！您好！”从臧爷爷手里接受一两块糖果，然后以清脆的谢谢告别。但是，郑曼同志和子女们一见他外出散步，怕他发生意外，往往尾随其后。臧老是不愿家属监护的。一经发现，他就要严厉呵斥。他觉得外出散步，心理上最没有负担，而且是最自由的，有人偷偷地追随，便失去了心理上的轻松感觉。臧老是孟子所说“大人者不失其赤子之心者也”一类的人。他虽并非什么大人，而他的“赤子之心”，则是他的永恒的爱祖国的诗心。即使在借住公寓养病的时期，他也要由夫人搀扶，乘电梯到街心公园或附近空旷之地散步半小时左右。正是因为他坚持长年累月的散步，虽突破了九十高龄，仍能两腿行走。臧老由夫人陪同散步，成了他的病情好转并在休养、康复的鲜明标志。

臧老病中不仅坚持体力劳动，还不间断脑力劳动。在他借住的公寓床上，床头放了不少古今图书。一方面是为了看书催眠，另一方面是为了锻炼思维。他虽已九十冒尖，头脑却十分清晰，老年痴呆和他是绝缘的。他的思维不是一般的清晰，还能在诗歌理论上提出令人折服的主张。去年十二月中旬全国作代会期间，我和小说家田涛、诗人刘章和诗评家吕进等三人，去协和医院急救病房看望臧老，他能逐一与我们四人谈谈各自不同的话题。我对他说，他的《臧克家旧体诗稿》，其中大多是精品，即使有些不符合传统格律，也是为了感情表达的需要。格律要为感情的充分表达服务，而不是要求感情屈从于格律的排比。明乎此，才可了然于八十年代初期，姚老（姚雪垠）与他的一场关于旧体诗是否合乎平仄的争鸣。姚老是严守格律派，臧老是突破格律派。他俩的争鸣，无损于老友之间的深情厚谊。盛唐崔颢的《黄鹤楼》和李白的《登金陵凤凰台》都是感情突破格律的名篇。唐人敢于突破格律，我们更可以突破。臧老听了我的话，立即说出“情动绳墨外，笔端起波澜”。我因重听，未听明白，他的小女儿、跟妈妈姓的郑苏伊，为我写在纸上，我才恍然大悟，臧老已将他一贯的诗观，浓缩为两句五言诗了。我一向主张诗学是情学，臧老的第一句诗便深获我心，说的是感情突破格律（“绳墨”）。第二句诗便把感情突破格律，作了活生生的描绘，有如波澜起伏，冲决一切堤防。比梁启超说的笔端时带感情，更加形象生动。臧老在病中，还能如此考虑传统诗词的写作问题，充分表明他的思维的生命力，是走向更加健康长寿的保证。他的体力和脑力的主观条件，与医护人员和家属的精心治疗和护理的客观条件，说明高龄诗人臧克家是可以征服病魔、更加长寿的。

（原载《文艺报》一九九七年三月六日）

自学成才的马蹄疾

我和马蹄疾先生是见过多次的，但很少联系。我只知道他在东北鞍山工作颇久，做什么具体工作，并不了解。到八十年代知道他到北京参加过《鲁迅全集》的编辑或注释工作，后来仍回东北。他在我的心目中，流动性颇大。他引起我的注意，是他的姓名“马蹄疾”，使我想到唐代诗人的“春风得意马蹄疾，一日看尽长安花”。我似乎曾和他说过一句笑话：“马蹄疾”可否与“牛角钻”相对？我明知“马蹄疾”是他的笔名，因为只初会一二次，未便请问他的本名。

马蹄疾先生引起我的刮目相看，是在《香港文学》上见到他题的字，那一期好像也发了我的什么诗文，老迈年高，已记不清晰了。至于他的逝世，并未及时得知，是其后一个时期才知道的，但也不知其详，只惋惜他英年早逝。最近读了马蹄疾夫人薛贵岚女士给我的信，附有龚明德同志写的《忆怀蹄疾师》，说马蹄疾比他大二十岁，我又比马蹄疾大二十多岁，岂非英年早逝？令人深感痛惜！龚明德同志是四川文艺出版社的编辑，我也见过，他责编过马蹄疾的著作，称之为师，一方面表明明德同志的谦虚，另一方面也透露马蹄疾的著作有可以为师的长处。从马蹄疾的自订年表看，他出生于全民抗战即将开始之时，流离颠沛，未受过大专教育。他研究鲁迅书信，研究《水浒》，都是业余性质。他为了从绍兴走向自己所向往的地方，曾先后给词学大师夏承焘写信，给文坛泰斗郭沫若写信。虽满足他一些主观追求，终因学历关系，未能稳定地取得一个研究学问的工作。最后虽调进了辽宁省社会科学院文学研究所，但也未能解决职称问题，直至一九九三年八月才得正研职称，一九九六年元月便溘然长逝。马蹄疾先生是怀着不可言宣的遗恨离开他所眷恋的人间的。

我知道马蹄疾的一些情况，是他的夫人薛贵岚于今年七月二十一日写信给我："马蹄疾逝世一年多了，但他的身影时时浮现在我面前，特别是他的勤奋刻苦更让我难以忘怀，我深深地怀念着他。”从马蹄疾的著作年表看，他的确是“勤奋刻苦”的。我经常对我的学生说：“要做专家，先做杂家。”要求学生首先博览群书，然后由博转约，择一而专之。我虽没有读过马蹄疾的著作，看了龚明德同志的文章和马蹄疾的著作年表，知道他正在从杂家向专家过渡，要是活到“人生七十古来稀”，必能取得更大的学术成就，奈何天不假年，“冠盖满京华，斯人独憔悴！”（引者按：借“冠盖”指学士、硕士和博士之帽。）

马蹄疾是一位自学成才的学人，他的刻苦勤奋，令人敬佩怀念。我愿以一联悼念他的英年早逝：

他山借石马蹄疾，自学成才牛角钻！

马蹄疾有两个儿子，愿他们继承父志，以高度的敬业精神，在为人民服务的岗位上，无私地奉献一切！

（原载《香港文学》一九九七年第十一期）

一九九八年

为了忘却的记忆

一九四九年三月中旬,“百万雄师过大江”前夕,南京城里害怕“共产”的人逃跑得差不多了,气氛紧张,治安欠佳,我从较好的住所,迁到三牌楼一间到处是洞的平房里。每日只见房东的猫和老鼠相追逐,倒也不觉得寂寞。但是,出乎我的意料,一个女学生却冒着料峭的春寒,千辛万苦,不远万里,乘轮船由台北到南京找我。她是一九四七年上半年,我在苏州国立社会教育学院国语专修科教的学生。那时,她正在毕业班,我给她们讲授“中国文学史”。第一章是《诗经》,先讲十五国风。我以毛润之(毛泽东主席的别号)的《沁园春·雪》作时代背景的补充材料。那是一九四七年三月左右,正当延安作战略退却,国民党新闻媒体叫嚣得声嘶力竭的时候，敌特务活动频繁。我讲的这首毛润之的词已广泛流传，一些关心我的地下党员和进步学生，都为我捏一把汗，以为我是提着脑袋讲课，呼我为“提头教授”，而她更担心我的安全。当年她暑假毕业后即失业，被分配到光复的台湾去推行国语运动。正好我在三十年代的一位合办北平《小雅》诗刊的朋友李章伯，在台北桃园农专任校长，要她接受了两年的聘约。哪知她对我的处境放心不下，刚刚一年多一点，便返回南京。我正等待解放，为了名正言顺，便在南京解放前一个月举行了一次特殊的婚礼。“洞房花烛夜”原是人生“四喜”之一，当时虽有猫鼠追逐的洞房，却无亲友送花烛，更无亲友闹洞房，夜晚，打开十五瓦的电灯，猫鼠便穿梭往来，可敬的房东担心停电，送来一枝洋蜡，以备不时之需。那真是一切从简的婚礼，特务是不会来光顾的。为了回顾一下恋爱过程，我们开始联句咏诗，吟成一首打油诗式的婚礼诗：

十五国风情谊长（我），吴门立雪眷吴郎（她）。

今宵月色凉如水（我），难得鼾声闹洞房（她）。

我的呼声很大，她不怕。她说，呼噜是你是否失眠的标志，我爱听。我欣慰极了。正谈话间，忽闻江北传来解放军的隐约的炮声，启发了灵感，我连忙把她说的“鼾声”改成“炮声”。

她说：“改得好。‘俱往矣，数风流人物，还看今朝’，就要到了。”

她笑不可仰，扑进我的怀里，不知东方之既白。

所遗憾者，她作古五年了，每当回忆往事，便有无法忍受的伤感。她与我共患难四十多年，名李兴华，我叫她雅彬，与我合编过《当代抒情诗拔萃》（漓江出版社）和《胡适诗话》两部尚称畅销的书。

一位朋友要我回忆平生最难忘的美好的经历，我多时没有回答他。我愿忘记这一段难以忘却的回忆。

（原载《天津日报·文艺周刊》一九九八年六月二十五日）

怀旅美诗人纪弦

纪弦是我青年时代的诗友，我和他同年，但已六十多年未相见了。八十年代后期至九十年代初期，我们才联系上，开始互通音信。

纪弦在五十年代初期，开创了台湾诗坛的现代派，被认为是台湾现代诗派的旗手。我和纪弦的初会，是在六十年前的一九三六年的夏天，地点在北平。那一年的四月，我和诗人李章伯，忽然想到要办一个诗刊。当时的北平处于日本侵略者的威胁之下，丧失了古都传统的宁静。每天只见风沙飞，只听驼铃响，生活枯燥、寂寞。虽有几家文艺报刊，却缺少一家煽动歌吟的诗刊。而我和章伯都对诗歌有兴趣。我们不仅爱读古今中外的诗，也写新诗投寄北平和其他城市的报刊。但总觉得可投之处较少，等待发表的时间太长，从而想到有自办诗刊的必要性。我们两人利用早晚散步的时间，从诗刊的财源、稿源、印刷、发行等等方面，作了一些设想。像新婚夫妻，儿子未生先命名。我们把诗刊命名《小雅》，带有一点不登大雅之堂的谦逊心情。说时迟，那时快，首先写了一份《小雅诗刊征稿启事》，于当年四月底，北平春暖花开时节，寄请老资格的北平《京报》副刊刊发，代替今之所谓“广而告之”，有一点试试看的意思。因为我们有自知之明，虽然在报刊上发过一些诗，毕竟初出茅庐，缺少知名度。因此，《启事》投邮后，以为要等一两个月，难于在预定的当年六月一日出版。谁知《京报》的编者善解人意，竟然在五月十四日发表了。我和章伯相视而笑。那是青春的天真的笑，那是要创造新的生命的笑。既然《京报》副刊替我们打通了“万事起头难”这一关，就要在这条文学世界最狭窄的道路上走下去，不能急躁，只有恭候外在世界的响应了。出乎我们意外，不到半个月，便相继收到从平、津、沪、汉、宁、粤乃至香港等大城市寄来的诗稿，而且寄稿者中有我们的师辈、前辈以及在诗坛上享有盛名的诗人，如李金髪、戴望舒、柳无忌、施蛰存、路易士（纪弦的最早笔名）、李白凤、吴宓、李长之、韩北屏、林庚、蒋锡金、陈残云、陈芦荻、梁之盘（香港《红豆》月刊主编）等，都先后寄来了诗稿，令人看得眼花缭乱，给了我们巨大的推动力，使《小雅》诗刊在当年六月一日差强人意地推出了创刊号。我们的忐忑的心，真正尝到了如释重负的愉快。

当时的华北五省市没有一个诗刊，《小雅》的诞生，算是一枝独秀。那时，纪弦在苏州，戴望舒在上海，《小雅》却在创办诗刊的日期上早于他们。望舒得到纪弦与徐迟的赞助，于同年十月创办《新诗》于上海，比《小雅》晚四个月；纪弦与韩北屏于同年十一月创办《诗志》于苏州，比《小雅》晚五个月。纪弦在一九九一年从美国寄给我的信还回忆说："我们这三个诗刊，鼎足而立，推动了中国新诗的现代化。"的确，这三个诗刊颇像兄弟刊物，个性虽不完全相同，但要促进自"五四"前后以来的新诗现代化，却是旨趣相同的。我们三个诗刊互登广告，交换稿件，协助发行，使新诗在三十年代出现了一个引人瞩目的时期。在诗体、诗意的创新，诗人的团结上，起到一定的作用，该是现代新诗史的发展期。

那时，纪弦的母亲和弟妹住在北平，我们在北平办刊物，并不知情。自从以诗会友、频繁通信后，才知道这些情况。由于北平受到日寇的威胁，硝烟弥漫，已不宜于住家，纪弦便到北平迎接母亲弟妹南下扬州。那年的七月二十六日，收到纪弦的信，相约在北平前门车站会面。我们兴高采烈地提前到达，相见恨晚，竟然是为纪弦全家南迁送行，只能相聚两个多小时。他的弟弟曼士为我们三人合影。我们并肩而立。纪弦个子高，比我高出半个头，比章伯高出一个头。按高矮站立，形如空中楼梯。纪弦的小妹路珠才十二三岁吧，见我们的队形有些滑稽感，不禁抿嘴而笑。那时，我们都只二十来岁。这张经历了六十年的黑白照片，通过复拍，相当模糊，但我却极为珍视，它是青春不再的纪念品。章伯与纪弦都没有了，更觉可贵。一九九二年深秋，我访问香港，把一首怀念纪弦的诗，连同这张照片，交请《香港文学》的主编刘以鬯先生指正。不久，他给发表了。香港的印刷技术毕竟高明，居然把照片恢复了清晰度，像是新近才拍的，更令我怀念章伯和纪弦。章伯在台北教书，因兼任校长，停止写诗，在纪弦去美国前，彼此并未相见（这也因为纪弦改了笔名），遗憾终生。章伯已于一九九三年四月病故，三人合影只剩我和纪弦，一个在东半球，一个在西半球，迄今未能相见，使我经常想起纪弦告别北平时说的一件事：他走进上海南京西路国际饭店的电梯间。不少西方男女都要仰视他一番，其意若曰："东亚病夫"竟有如此高大的个子吗？言下颇有民族自豪感。这件事促使我写了一首小诗，曾由台湾著名诗人痖弦发表于《联合报》副刊。诗曰：

二十三岁的诗人，
人与诗一样血气方刚。
他走进上海国际饭店的电梯，
连欧美人也仰着脖子望他：
"东亚病夫"竟有如此高的个子！

纪弦扫了周围一眼，
并不同情那些望得发酸的脖子，
而是昂起黑色的脑袋，
迈出穿着黑色皮鞋的沉重的双脚，
扬起黑色的手杖，
叨着黑色的烟斗，
向阳光筛落的林荫马路走去。
以高昂而潇洒的黑色的背影
对着那些望尘莫及的碧蓝的眼睛。

我们和纪弦在北平话别，刚刚一年，日本侵略军便在一九三七年七月七日深夜，从卢沟桥打响了全面入侵中国的枪声，挑开了中国人民全民抗战的序幕。我和章伯在日寇进入北平市区前夕，乘坐津浦铁路的末班车流亡南下，经南京到武汉，又乘火车至长沙。我应聘到一所农业学校教国文。章伯准备到广西桂林去，暂住在长沙的一家旅馆里。真是没有料到，那年的年底，纪弦也挈妇将雏，偕同母亲弟妹，从上海溯江而西，经武汉到了长沙。我在长沙的一家餐馆，为他们全家接风洗尘，吃点有地方特色的湘菜，如腊肉之类。纪弦颇能豪饮，可惜我滴酒不沾，难于“酒逢知己饮”，使他未能尽兴，只好“诗向会人吟”。不过，国难当头，颇有不识时务之感。纪弦流亡的目的地是昆明。他把家属送到贵阳后，又因事折返长沙，和章伯同住一个旅馆里。纪弦住了将近一月，重登征途。我和章伯也于一九三八年三月南下桂林。当时的桂林是大江南北的文化人荟萃中心，也是五湖四海的流亡者来去自由的通道。吃喝玩乐，应有尽有。当政的李(宗仁)白(崇禧)黄(旭初)，尚有民主作风，欢迎知名文化人过境、暂住或者工作。我与章伯都当教员，经常见面；纪弦则自长沙一别，不知去向。

一九八八年初，我主编《中国新诗鉴赏大辞典》，台湾诗人张默来南京看望一别四十多年的母亲，住在金陵饭店，帮助我了解台湾诗坛的一个轮廓。才知道纪弦一直在台北教书，七十年代全家迁往美国加州。我给他寄去了新诗辞典，他也给我寄来了一本名为《晚景》的诗集。我们虽年届耄耋，但回想三十年代，笔锋还是饱蘸热情，恍如青春焕发。纪弦有一个幸福的家，妻贤子孝，人口众多，四世同堂，近四十人，几乎形成了一支路氏家族。他与夫人伉俪情深，过了钻石婚，桑榆晚景，为霞满天。一九九六年四月下旬，韩国著名作家许世旭先生因事来南京，专程到舍下来，听说我是纪弦六十年前的诗友，异常兴奋。他说，他与纪弦也是老朋友了。每次去美国，都要同纪弦畅饮。我告诉他，纪弦的小妹路珠在南京工作，他听了特别高兴。无奈他次日要离开南京，只有期诸来日相见。他说，纪弦很想回大陆探亲访友，但他不愿坐长途飞机，害怕从空中掉下来。我们相与大笑。我和徐迟都希望和纪弦见面。近得《华夏诗报》主编野曼同志来信，第三届国际华文诗人笔会将在广东召开，已邀请纪弦参加，好让纪弦、徐迟和我三老欢聚一堂。这真是一个好消息。我感谢野曼同志，并且等待着。哪知纪弦未来大陆，徐迟也未到会，竟然在不久前轻生而死。呜呼，哀哉！世事变幻并不以主观意志为转移。我和纪弦都老之已至。何时相见，只见海天辽阔。

一九九六年十二月十八日
于北京京西宾馆全国作协
第五次作代会匆草，
一九九八年七月二十六日修订。

（原载《随笔》一九九八年第六期）

一九九九年

臧克家的特殊贺卡

在一九九九年元旦到来前后，我收到海内外的贺卡几十张，其中最有特色而又显得特殊的，是诗歌界德高望重的臧克家同志寄来的。臧老今年将进入九十四岁，仅次于将届百岁的冰心老人。我在元旦收到他的贺卡，心情激动。他的贺卡，既非大陆的有奖贺卡，又非台港澳和海外的兼祝圣诞节的豪华贺卡，只是一张中国作家协会的信纸，我称之为以信代卡。如果仅仅是一张纸，就会令人联想到古人说的“人情似纸张张薄，世事如棋局局新”。臧老的以信代卡，却是情深意厚，一共六行，像分行排列的新诗，但又比时下的新诗容易读懂，令人一目了然。不妨保持真相地照抄如下：

奔星老友：

祝：您好，我也好！

快乐多，苦恼少。

人健笔也健，

精神永不老。

节日康乐！

克家　九八.十二.二十八日

一般贺卡，只祝对方，不祝自己；而臧老却推己及人，双方兼顾。他的祝辞，实际是一首抒情诗，信卡兼诗卡。他既不言老，也不言病，他所强调的是双方都好。所谓“快乐多，苦恼少”，就是他的人生哲学，也是我的人生哲学，是他与我都能长寿的秘诀。

他知道我既是达观又是乐观的。我经历过十年浩劫，不少友好打听我是怎样活过来的。我曾对臧老及艾青、公木等老大哥说过两句话：用达观构建自我的天堂，用乐观摧毁人为的地狱。臧老也是蹲过“五七干校”的，对我的话也深有同感。因此，“快乐多，苦恼少”，就高度概括了我们共同的人生观。改革开放二十年来，作为诗人的他和我，快乐越来越多，苦恼越来越少。臧老虽困于病榻，仍然在不时地写作；我虽有多种老年病，也仍然偶尔投稿。所以，他才说“人健笔也健，精神永不老”。我和臧老都曾多次面对“死神”，但我们都有弘扬“民不畏死，奈何以死惧之”的精神！虽然还有“死神”在阴暗的角落里兴妖作祟，但我们都在焕发青春，忘怀老迈了。

（原载《文学报》一九九九年二月四日）

记公木大哥最后的日子

在秋高气爽的江南，乍寒尚暖的一个上午，我在保姆的协助下，清理积压多年的报刊和亲友的书信，忽闻电话铃响。出乎我的意外，是以写政治抒情诗闻名遐迩的朱子奇同志打来的。他和夫人陆璀同志到江南探亲，已到南京，要到寒舍来看我。我异乎寻常地高兴，怕他们人生地不熟，要先去看他们。我问他们下榻之处，准备逗留几天，他忽然告诉我：公木逝世了。我立即两眼模糊，声音嘶哑，脑海动荡，真是“往事知多少”！

公木同志原名张松如。他是我三十年代在北平师范大学的同学，级别比我高。我们在十年浩劫之后，才开始联系上。我曾对臧克家同志说，在当代诗坛，我有三个大哥和三个大嫂：一是克家及其夫人郑曼同志；二是艾青及其夫人高瑛同志；三是公木及其夫人吴翔同志。其中艾青、公木和我，都因“错划”而隔绝了二十多年，但也更认识了错综复杂的世态和变幻不居的人情。尽管记忆力随着老化而衰退或者弱化，但联想力、分析力、综合力乃至判断力，都也因之而提高或者强化了。这当然也是吃一堑长一智；而公木大哥在这方面特别显得突出。他进入耄耋之年以后，学术文章、诗歌创作，饱含哲理。他研究老庄，探索宇宙和大自然，都有独到的见解。他襟怀坦荡，胸无城府。今年六月底，克家兄函告：公木大哥病情较重。我去信问候。他在七月四日给我写了长达几千字的复信。万万没有料到，这是他给我的最后一封信。信的内涵很丰富，饶有哲思，而且附有三首律诗。我想，这不仅是他的朋友可以看看，连熟悉他的解放军歌的歌词的指战员，也是可以一读的。且抄第一段，看他谈他的“生死观”。他说：

目前，我正和老病作斗争。想来我们得称并肩作战的“同志”了！

且说老病：本来生老病死乃是每个感性个体生命的行程，老病是必然经历的一个阶段。

假如说生是白色，死意味着黑色，那么老病便是灰色。我，可以说我们吧，是灰色主义者，你同意吗？同志！当然，生是快乐的，其乐无穷；无论怎样的风风雨雨，弯弯曲曲，总是生趣盎然。至于死，这黑色的“使者”，总是要到来的，欢迎也罢，不欢迎也罢，或者连门也不必敲就闯来了，任它吧。但我，我们，还是尽其可能把灰色拖长再拖长些，灰色万岁！——这里只是就感性个体生命说的。如果把眼光放远些，作为人类总体，则死，乃是生的开始，推陈出新，不破不立，死不是结束，而是延续。古哲说：视死如归，归根曰静，静曰复命。复命曰常，知常曰明。不知常妄，妄作凶。知常明，明乃公，公乃全。全乃天，天乃大！说远了，我还没有那么大，未尽孽根，难忘我呀！此类哲学只是讲一讲，实际上还是个感性个体，所以还是灰色主义者。因此，我非常理解你的“天下没有不是的老伴”的苦痛，深深地理解，却没有感同身受。我不是被饲养，而是被管制起来了，衣食住几乎完全不用操心，妻管严呀！夕阳无限好，只是近黄昏。——这使我有条件坚持灰色主义。

公木大哥的这段哲理性的“生死观”，是我给他的信勾引出来的。因为我有多种老年性疾病，虽有子女照顾，毕竟不如已故的老伴那么争分惜秒地耐心护理，所以向他说了一声“天下无不是的老伴”。因为艾青晚年病得不良于行，要高瑛大嫂护理衣食住行，所以艾青称她为“饲养员”。公木很幽默，也很乐观，说他“不是被饲养，而是被管制起来了”，没有我失去老伴的痛苦的感受。在“妻管严”之下，仍然生机盎然，有条件地“坚持灰色主义”，不愿离开他亲爱的祖国，要尽可能地拖长灰色，甚至喊出了“灰色万岁”的乐观的口号。可是，仅仅一个季度之久，却传来了他的噩耗，能不令我老泪纵横吗？代替“灰色万岁”的，只有他的歌词、他的诗作、他的道德文章，在缅怀与想象中了！

公木大哥的来信，第二段是谈“老病”，就不照抄了。为了使他的亲友明白他坚持“灰色主义”与病魔搏斗的历程，不妨选抄几句。他说：

老是哪一天到来的，确实回忆不清楚。……病已经过三大战役：六十岁上胃溃疡，七十岁上心肌梗塞，都克服了；只是这次，从前年起，肾功能衰竭，糖尿病来势凶猛，厌饮食，怯行步，很快很快地到了晚期，大夫束手，无药可投。说是只可透析，我拒绝了。这一把年纪，透析等于穿刺，吃不消。出院，大夫暗下"病危"通知，……我知道了，说不怕，我有灰色理论。就这么顶住了。如今是"战犹酣"，……力争持久吧，持久就是胜利。

我尊敬的公木大哥，以"灰色"的"老病"之身，坚持了"三大战役"，毕竟年龄不饶人，终于撒手而去。他何尝愿意结束他的"灰色主义"呢？惜哉！痛哉！

公木大哥是诗人兼学者。他在重病期间，"遵医嘱，废读写"。但是，他的"灰色理论"仍教他"开卷有益"，虽投笔忘字，纵无效率，也是寄托。他说："不抱再出什么成果的幻想。远离底层，说什么创作？脱离实际，说什么学术？”不过，他还记得几年前的事。他说：“前几年读您写艾青散文美的一篇文章，很生动，登在《文艺报》上，可惜这张《文艺报》丢了，想再读，查不到了。”我是不大收藏自己的已发作品的，得到他的鼓励，正准备翻检旧报给他寄去，谁知人天两隔了，痛哉！

一九九八年十一月二日于南京

（原载《华夏诗报》一九九九年五月二十五日）

二〇〇〇年

新中国最早畅谈人物塑造的文学大师

——关于茅盾给我的一封信

自“四人帮”垮台后，一些茅盾研究专家或朋友，往往称拙著《茅盾小说讲话》不仅是新中国研究茅盾的第一本专著，即使包括解放前几十年新文学运动史在内，也是第一本专著。在受宠若惊之余，我含着苦笑回答他们善意的奖饰：我研究茅公虽历有年所，却也挨过骂、受过罪。挨过骂是有的论者指控这本书的某些章节有抄袭嫌疑；受过罪是指这本书是上海泥土社出版的，泥土社与胡风先生有牵连，我也就被划为胡风集团的嫌疑分子。十一届三中全会后，错划的右派被纠正，“胡风反革命集团”也平反了，而我作为胡风集团的嫌疑分子却一直到九十年代初，由于我自己申诉，才从人事档案口袋中把受胡风思想影响的“罪证”销毁。在今天看来，这一些话，只是回答文朋诗友的含泪的微笑。

《茅盾小说讲话》其所以能在改革开放初期由四川文艺出版社再版，应该感谢与茅公同时代的前辈文学大师叶圣陶先生赐题封面。叶老当年也很风趣，他把题赠的封面交给我，还念了一首宋诗：

连理枝头花正开，妒花风雨便相催。

愿教青帝常为主，莫遣纷纷点翠苔。

我边听边记，知道他在改革开放的大治之年，借宋人之诗鼓舞我的写作情绪。叶老是我大学时代的恩师、语言文法学大师黎劭西（锦熙）先生的老朋友，我一向以对师辈之礼尊敬他，每到北京开会都要去看望他。我的几本习作，如《鲁迅诗话》、《鲁迅旧诗新探》、《钱玄同研究》，都是叶老赐题的封面。叶老晚年题写封面已不如题写《茅盾小说讲话》时那么顺手，题一次封面，往往要写多遍，有时一个字要费两个小时左右，最后才拼在一起。

《茅盾小说讲话》中附录有茅公和我讨论《林家铺子》问题的一封信，据我所知，这是茅盾一生自述其作品较为详尽的第一封信，一时之间，颇引起海内外学术界的重视，当是由于茅盾对《林家铺子》的几个人物作了学术性的解剖和分析，对从事语文教学和小说创作的教师与作家，乃至文艺评论工作者，都有深远的启迪意义。可能正是因此，便有不少同志写信给我说：茅公的这封信，经历了近半个世纪之久，公开出版的茅盾书信选，未曾收入；再版的《茅盾小说讲话》也未将原信手迹附印。他们认为这封信是茅盾一生向研究者谈小说人物塑造最早的一封信，其手迹有公开发表的价值。我不怀疑这些建议含有我对原信有篡改的意思，只因信较长，要占用较大的篇幅刊登。我回想当年向茅公请教，茅公复信很快，可能与解放后我较早和他重逢，并当面请教过他有关。那是一九五〇年三月五日，在著名诗人戴望舒的追悼会上，艾青照顾来宾，徐迟照管签到簿，我与老舍先生同坐一个条凳，茅公到会由艾青引向主祭台，顺便与西侧的熟人握手。当时我在北京市文教局任编审，为北京市职工业余学校编过两套语言课本，曾邀请老舍先生作过两次辅导报告，其中选了茅公的作品。追悼会结束，我曾向茅公提起，我计划撰写一部最能代表他的独特风格与成就的《茅盾小说讲话》。茅公连连点头，说我编的语文课本，他也见过，觉得尚合时宜，但茅公很谦虚地强调说，如果专门选讲他的小说，最好多和他人商量。俗话说：当局者迷，仅仅由他个人说些意见是很不够的。我也连连点首，表示奉命唯谨。

一九五二年春天，苏南行署向北京市人民政府借调我到江苏参加院系调整工作，以半年为期，将苏南几所高等院校合并为江苏师范学院，我是筹委之一，为首届院务委员，主讲中国现代文学。当时学习苏联，为了改变先生讲学生听的传统模式，提倡课堂讨论（即俄语的“习密纳尔”）。我曾指导学生对茅公的代表作《林家铺子》举行多次课堂讨论，并把讨论稿寄请茅公指教。他在百忙中很快回了信，从四个方面剖析了《林家铺子》的几个人物的关系和合乎逻辑的安排。最后，还对油印小结表示同意，尤其使青年学子受到莫大的鼓舞。我收到茅公的信，除了衷心地函谢外，还寄给上海泥土社，说我写了一部《茅盾小说讲话》可与许杰的《鲁迅小说讲话》配套，逐渐出版一套一流作家的小说讲话。该社负责人许史华同志立即接受拙著，于一九五四年三月便出版了，连印了两次。但曾几何时，胡风先生和他有关的友好竟被揭发成反革命集团。上海的《文学月报》还"及时"发表批判胡风的专号，我也在被迫中写了所谓批判文章，耿耿于怀达二十年之久。直到胡风先生病逝，我才以江苏省鲁迅研究会会长的名义，唁慰其夫人与子女。

近年来，我的健康水平，也如王小二过年，深恐一旦不起，茅公的信将不知下落，特发表茅公来信手迹，答谢朋友们和研究者的期待。

附茅盾致吴奔星函：

奔星同志：

三月三日来信收到。关于《林家铺子》中间几个人物的问题，我的意见是这样的：

一、寿生是店员，因而他是属于工人阶级的。

但把寿生的劝林老板出走解释为工人阶级的远见(如来信所述贵校同学们的意见),那又未免有点牵强附会;这,只能解释为寿生对于当时的反动统治集团已经没有任何幻想,故劝林以后出走表示其微弱的“反抗”。至于出走后怎么办,寿生那时并无“远见”。——也就是说,他并无远长的计画。在当时,一个小镇上的店员,他的认识水平只不过如此,这是由于客观环境及其本人生活的限制。

二、来信又说“有些人说林大娘将女儿许配给寿生,是小资产阶级与工人阶级结合的表现”;我以为这是更加牵强附会的说法。林大娘是一个善良而正直的女人,她憎恶卜局长那样的人,所以坚决不肯把女儿送给卜局长当三姨太,以求免目前的灾祸(当然她也很明白,把女儿给了卜,就是葬送了女儿),可是,当时的形势是,林老板不得不出走避祸,则此女儿必须有个安排,林大娘的计画是安排好了丈夫与女儿以后,她一个人留在家里,跟那些敌人“拼命”,所以必须先使女儿有托,于是就决定了把女儿嫁给寿生。(在林家那样小铺子里,一个店员成为老板的知心人，那是常见的。）林大娘的这一个行动正表现了旧社会中妇女的“宁愿粗食布衣为人妻，不愿锦衣玉食作人妾”的高贵的传统心理。林大娘比她丈夫刚强，有决断。

三、林老板是一个比较懦弱的人，他的出走是没有积极计画的，但他不肯去乞怜，任凭人家来宰割，而终于采纳了寿生的这一计，这“出走”的行动就成为对于那伙坏蛋的反抗。

四、林小姐，虽然有点娇惯，但本质是好的；她对于黑麻子之类就有一种几乎可说是发于本能的憎恶。

以上所说，不知您觉得如何？至于您那个油印的“学习小结”，大体上我都同意。恕我无暇细谈。匆复，并颂

健康

茅盾　三月十日

怀念香港作家梁之盘先生

梁之盘先生是三十年代的作家，他在英国统治下的香港工作，我在日本军国主义威胁下的北平读书。我知道香港有个梁之盘先生，是以诗为媒的。一九三六年六月一日，我和诗人李章伯创办的《小雅》诗刊创刊号出版，诗人阵容有路易士（即今之纪弦）、戴望舒、柳无忌、李白凤、李长之、韩北屏、陈残云、陈芦荻、蒋锡金、李金髪、施蛰存、陈亦门等（随想随记，不分先后），在当时说，可谓极一时之盛！代销点分布在平、津、沪、汉、穗、港等大城市。创刊不久，就得到香港梁之盘先生的信，并把他主编的《红豆》文艺月刊寄给我，以示交流。接着，我和李章伯的诗也在《红豆》上发表。梁之盘先生给我较深刻的印象，是他的书法，写得非常潇洒。他的地址，可惜忘了，只记得他的信是从一家印染公司发出的。但不知他是经理，还是打工。我和他的书信来往，杂志交流，到一九三七年卢沟桥一声炮响，便中断了。到现在已超过了半个多世纪。要是他还健在，当与我的年纪不相上下，都已在望九之年了。近十年来，我每读刘以鬯先生主编的《香港文学》，想从中找出一点有关梁之盘的蛛丝马迹来，或者已在某些文章透露，而由于我的粗心滑过去了。我这篇寻人短文，标题是怀念，实际是查访在记忆中失踪的友好。假如梁之盘先生的亲属，能发现有人查找，请直接寄信给《香港文学》的主编刘以鬯先生转交，是万无一失的。在此，请我预先感谢刘老。

（原载二〇〇〇年《香港文学》第三期）

二〇〇一年

诗卷长留天地间

——痛悼老友卞之琳

卞之琳是一位学者型诗人，一九一〇年十二月八日生于江苏省海门县。不少诗友已准备庆贺他的九十华诞，而他却于十二月二日辞别了人间，只有六日之差，是多么令人痛心的遗憾！

卞之琳于一九三〇年开始写诗，一九三三年毕业于北大英语系，就出版《三秋草》（上海新月书局版），与臧克家出版《烙印》同年，成为崭露头角的两位青年诗人。一九三五年又出版了第二部诗集《鱼目集》（文化生活出版社版）。一九三六年又与何其芳、李广田合出《汉园集》（商务印书馆）。一九三六年十一月，戴望舒在上海创刊《新诗》月刊，邀请卞之琳担任编委。不过半年之久，发生七七事变，他离开北平。一九三八年前往延安，执教于鲁艺。一九四〇年他去昆明西南联大任教，又出版了《慰劳信集》（昆明明日社版），还编辑了《十年诗草》（一九四一年桂林明日社出版）。这些成果表明他是多产而又高质量的学者型诗人。一九四七年，他应邀赴英国牛津大学从事研究工作，以莎士比亚悲剧为重点。

一九四九年新中国成立，他回国先后在南开大学和北京大学西语系任教授，继而担任中国社会科学院外国文学研究所研究员。他因忙于教学、研究和翻译，诗就写得少了。在“文革”之后，他出了一些学术著作，但与写诗有关的，只有一本《雕虫纪历》（人民文学出版社一九七九年版），其中谈了一些写诗的心路历程，他曾寄给我一本。

在三十年代后期的北平，我和卞之琳同时给戴望舒主编的《新诗》月刊写稿，但未见过面。他与人合编《水星》，我与诗人李章伯创办北平《小雅》诗刊，彼此也没有投稿或约稿。我和他相知、相见，是在一九五〇年三月五日召开的戴望舒追悼会上，由茅盾前辈主祭，大家满脸愁容，没有聊天的空隙，但我读过他悼念望舒的文章，觉得心有灵犀一点通。我和之琳真正会见，是我赴京参加鲁迅诞辰一百周年纪念大会期间。那是一九八一年秋天，我利用会议间隙，去东城赵堂子胡同看望臧克家，不期而会，卞之琳先我在座。我们谈了一些生活情况，一同辞别，克家站在门口，望着我们边走边谈，才知道他的住所在不远的罗圈胡同，与戈宝权、吴世昌等老熟人同住一楼。

自此，一直到一九八八年，我和之琳才有了书面畅谈的机会。那是因为江苏文艺出版社约我主编破天荒的第一部《中国新诗鉴赏大辞典》。我约请臧克家同志为顾问，也函告卞之琳，他因忙于翻译，难做具体工作，但很赞成编这么一部新诗辞典。他愿提供稿件，并推荐诗的赏析人。我高兴地称他为不居名义的顾问，并写入序言，他也默认了。从此，我们的书面谈话，或详或简，在几个月内成了经常性。

卞之琳是很谦虚的，他说不要多选他的诗，暗示只选《酸梅汤》、《古镇的梦》、《尺八》和《断章》，并依次指定赏析人：香港中文大学的黄维梁，香港大学中文系的张曼仪，当时尚在英国现已在澳门的赵毅衡，最后是我，因为我是对他的四行两节的小诗《断章》谈得最多的一人。卞之琳既是新月诗派徐志摩的弟子，也是象征诗派或现代派的戴望舒的挚友。在评价徐志摩和戴望舒其人其诗，卞之琳是较有权威性的。但卞之琳是一位学者型诗人，他的成就是多方面的。他去世了，我们评价他的学术成就或诗歌特色，都很难“盖棺论定”。因此，我只是作为他的诗友之一，缅怀他的诗品和人品，谈一点概括性的印象。

首先，面对他的诗，不必被与他有关的新月诗派和象征诗派或现代诗派的条条杠杠所困扰。他的许多诗，尤其是他早期写的诗，是有他自己的独特艺术成就和个人风格的。像上述的四首诗，既与徐志摩的诗风不同，也与戴望舒的诗风有别。戴望舒在三十年代初期帮助施蛰存编《现代》文学月刊，在选诗方面，主张废除诗的音乐性，诗不要明显的脚韵，但要讲究诗的内在韵律。像我所知道的《断章》，虽无脚韵，但其内在的韵律，超过戴望舒的一些诗。《断章》不长，且引于下：

你站在桥上看风景，
看风景人在楼上看你。

明月装饰了你的窗子，
你装饰了别人的梦。

这首诗不用明显的脚韵，却有和谐的韵律，显示内在的音乐美，比戴望舒写的不用脚韵的诗，更有内在的韵律。这是因为诗人把第一节的两个“看风景”重复了一下；把第二节的两个“装饰”又重复了一下。这样的重复和反复，使诗的美学韵味叩响了读者的心弦，涌现出诗的魅力，耐人寻味，让人爱不忍释！这是卞之琳一九三五年十月写的，写一时所见所感，是抒情诗，但并非写男女之间的爱情。诗的审美内涵，比爱情诗广阔得多。卞之琳说：“这是触景生情，写一刹那的意境，决不是自己对什么人表示思慕之情。我当时爱想世间人物、事物的相互依存、相互作用。人（'你'）可以看风景，也可能自觉、不自觉点缀了风景；人（'你'）可以见明月装饰了自己的窗子，也可能自觉不自觉成了别人梦里的装饰，这意味进一步体会，也就会超出一对男女相互关系的意义。"这些话透露了卞之琳写《断章》的创作意图。虽写一时的感兴，却是从多年的蕴蓄中提炼出来的。文学是人学，人是社会关系的总和，不是孤立绝缘的。因此，写诗不能从概念出发，必须从生活形象出发。诗的抒情主人公是在桥上看风景的"你"，但"你"却成了楼上看风景人的"风景"；这是平常的事，但是古今中外的诗人从来没有发现其中有诗。卞之琳一加点明，便有了创新的诗意。更令人拍案叫绝的是，月亮东升，照着曾在桥上看风景的"你"的窗子，"你"可能尚未就寝；但楼上那个看风景人，却已经进入梦乡，梦见了"你"。诗人的联想力与想象力的融合为一，出现了神来之笔："明月装饰了你的窗子，你装饰了别人的梦。"这就把整首诗凝聚成了一个焦点：楼上人其所以把桥上人当风景看，原来如此。桥上人是不自觉的，楼上人(别人)是自觉的。从桥上人说,诗叫《断章》;从楼上人说,章断而情不断,楼上人并未惊梦,仍然在美梦中酣睡。可谓小诗不小,章断而情不断。

这种章断而情不断的艺术手法,在中国古典诗词中也是屡见不鲜的。卞之琳的《断章》发展了传统,借鉴了现代,成为典范之作。但卞之琳是谦逊的,从不以教训的口吻评价现当代的诗,只是流传他曾说过:我的新诗与现当代的现代派有联系,但是,当前有不少诗我也读不懂了。到此为止,不再多说。

其次,作为诗人的卞之琳,不仅诗品对人有示范性,人品也是令人高山仰止的。卞之琳对青年诗人和诗评家,总是加以尊重的。赏析其诗的黄维梁、赵毅衡等先生以及张曼仪女士,他都表示十分尊重。我主编大辞典时,他还特别推荐安徽一位中学语文教师江弱水写赏析文章,现在听说江弱水老师已在澳门的大中学工作。我在一九九二年秋天访问香港,到中文大学,接待我的就是黄维梁博士,他陪我参观该校校舍,指着一幢迎宾楼说:这里住过朱光潜先生，也住过卞之琳先生。香港大学张曼仪女士在去英国前，还要我对她写的一部卞之琳传记多提意见。

本文执笔前，收到正在病中的老诗人臧克家十二月三日来信，他说："今日见报上消息，之琳去世了。大惊！他本月八号有庆祝活动，我一个多月前就去了贺信，字不多，情颇深。六日之差，喜变为悲！我悲痛之中，屈指一算，诗坛老人九十左右的已无几了，你、我、严辰，再想也想不出第四人了。老来丧老友，心情可想。"我含泪抄下臧老这几句话，就作为痛悼老诗人卞之琳的结尾吧！

二〇〇〇年十二月九日

（原载《扬子江诗刊》二〇〇一年第一期）

想念老诗人曾卓

曾卓，是我的老朋友，我和他初次见面，是在一九五一年的九月至十月间。那一年我在北京人委文教局任编审，应聘到武汉大学作教授，参加武汉地区的土地改革工作。那时，流传毛泽东主席的一句口头禅："状元三年一考，土改千载难逢。"对知识分子很有鼓动力。其时在武汉大学文学院中文系负责的程千帆教授，通过我的恩师、北京师范大学校委会主席黎锦熙先生(即今之所谓校长)，转来了他给我的一封长达二十页的信，对武汉大学的人文与自然风景，说得绘声绘色，极有吸引力。我便辞去北京文教局的职务，把家属留在北京，只身到了武汉。

首先见到黄鹤楼，大概因为年久失修，给人以破旧之感，不仅"黄鹤一去不复返"，在国统区这几十年，名楼风貌也已一去不复返。但是，一见武汉大学所在地珞珈山，印象立即改变，巍然学府，桂子飘香。盘山公路，校舍井然有序，东湖在侧，扁舟荡漾，面积大于西湖，风光亦可比美。我辈写诗的教授，一见山明水秀，诗兴不期然而然地喷发出来。东湖之滨，是程千帆邀请曾卓和我见面与聊天的地方。当时，曾卓似是《新武汉报》的总编①。由于我们是以诗人名义会见的，彼此的职务，不在话下。曾卓给我的印象，是纯朴、诚恳、爽朗而亲切。后来，我随武汉大学土改工作团，到湖北汉川县马口镇英山乡搞土改。但时间不长，我只向参加土改的高年级学生作过几次评介解放区小说、诗歌的讲话，还在《新武汉报》发表过一次关于参加土改工作的短篇感言②，在我的姓名前，还标明我的政治身份：九三学社中央宣传委员。尔后不久，中央教育部说武汉大学聘我，不符合规定，聘请大学教授，尚未正式普及，仍以干部视之，于是把我调回北京市

① 应为《大刚报》副社长。——编者注。

② 应为发表于一九五二年一月二十五日《长江日报》上的《在土地改革运动中对于思想改造的一些体会》。——编者注。

文教局。我当了一次土改教授，认识了一些老中青教授、作家（如散文家丽尼、杂文家徐懋庸、古代文学家刘永济等）。这是五十年代初期的事。

直到九十年代的一九九一年八月下旬北京召开艾青作品国际研讨会和一九九七年十一月中旬张家港召开全国诗歌座谈会，我才与曾卓会面，但是，也只是在开会、吃饭时见面，话旧的机会并不多。只因我和他都曾经是“错划右派”，见了面总有亲切之感，并未死于非命。我在与他通信中，告诉他我靠“二观”哲学，活得笑笑嘻嘻的。一是靠乐观构建自我的天堂，二是靠达观摧毁人为的地狱。曾卓似乎很同意我的人生哲学，曾把它发表于武汉的《长江文艺》。他似乎认为“二观”哲学可使命运与共的诗人延年益寿。我一直以为曾卓年纪小于我，健康胜于我。但到今年九月，第五届国际华文诗人笔会在广西桂林举行，他是笔会的理事，我想他是会到会的，一直到九月十日笔会开幕，他也没有到。我一打听，才知道他患了什么绝症，正在养病。武汉没有另外的诗人出席笔会，便使我时时想念他。

想起一九八八年我主编第一部《中国新诗鉴赏大辞典》时，发表他的诗，其中有一首十二行的《悬崖边的树》，这是一首创新的寓言诗。古来的成语有“悬崖勒马”的名句，曾卓这首诗写得更加有含金量，更令人思索。

试读：

不知道是什么奇异的风
将一棵树吹到了那边——
平原的尽头
临近深谷的悬崖上

他倾听远处森林的喧哗
和深谷中小溪的歌唱
它孤独地站在那里
显得寂寞而又倔强

它的弯曲的身体
留下了风的形状
它似乎即将倾跌进深谷里

却又像是要展翅飞翔……

曾卓是饱经风雨的老诗人，果真得了绝症，这首诗的第三节，该能使他“弯曲的身体，留下了风的形状，它似乎即将倾跌进深谷里，却又像是要展翅飞翔……”这种悬崖边的树的风格，应该是曾卓的风格。曾卓是会健在诗坛的。我在“反右”和“文革”中，读了鲁迅的《自嘲》，也写过一首七绝：“风风雨雨风风雨，坎坎坷坷坎坎坷。华盖当头人易老，斜阳教我笑呵呵！”这是我的乐观的诗注。我能健康长寿活至虚龄九十，曾卓应当比我活得更长更久。

一九九四年十二月二十日，吴奔星（中）在深圳出席第二届国际华文诗人笔会时与曾卓（左一）合影，右为诗人绿原

我这篇千字文，是在严重的白内障干扰下写给曾卓的祝福信，愿老友早日康复，共同迎接二十一世纪，力促当代诗坛的繁荣与发展。

（原载《长江文艺》二〇〇一年第二期）

附：吴奔星的信

曾卓同志：

您好！

桂林一晤，距五一年珞珈山晤教，整整四十年，距八〇年庐山晤教，亦整整十年，人事沧桑，皆垂垂老矣。

您的诗写得好，散文也写得有耐读性。自桂林回宁，时时想念。孩子们将在桂林照的风景照，冲洗出来，可资纪念，特寄上一张。

我近来忽发奇想，人世并无天堂地狱，乐观与达观便可创造天堂，悲观与颓唐必然面临地狱。人生在世应做一个天堂的创造者，地狱的破坏者，我将此意，写在我的即将出版的一本诗集上，年内出版，当寄请指正。

祝

健康长寿！

吴奔星　九一.六.十

（原载《长江文艺》一九九二年第三期）

不期而遇的邂逅

——缅怀老友孙望教授

孙望教授逝世已十一年了。这十一年正值中国实行改革开放、向新世纪奋进的世纪之交。每当参加和他有关的学术或诗歌会议，我都要联想起他，并在脑海涌现：人生遗憾知多少？千古文章未尽才！因为他在我心目中，既是学者，又是诗人。他长我一岁，应在一九三六年大学毕业，为了贴补家用，他在中学兼课，延长到一九三七年和我同时在大学毕业，只不过他在南京，我在北京（那时称北平），一南一北，都被日本帝国主义在卢沟桥打响的入侵枪声轰向中国的大西南。我和他在大学读书和流亡岁月里，都有相同的爱好，都在学生时代创办新诗刊物。我在北平创办《小雅》诗刊，他在南京创办《诗帆》，并且都把新旧诗看成一以贯之的优秀民族文化。后来，我和他也都曾在大学讲授中国文学史和古典文学选读。但我们在学生时代，没有见过面。我们的见面，也是不期而遇的所谓邂逅，颇有诗意。

那是一九三八年九月，我的一个亲戚担任浙赣铁路理事会秘书长，地点在湖南浏阳，为了宣传抗日，成立了浙赣铁路职工巡回教育队，要我去当队长，这与抗战有关，我乐于接受。

当时，教育部规定，凡北平师大毕业生从事教学工作，工资标准要比一般大学生高一级。那时，我正在广西南宁中学担任国文科主任教师，便辞职去湖南浏阳，筹备巡回教育队，先后在长沙的报纸上刊登招聘队员的广告。当时，江浙一带的知识青年流亡长沙的很多，我带一个助手前往长沙青年会馆面试报名的男女青年。虽然只招十来个人，报名者却有二百多。我逐一口试，忙得不可开交，用了五天工夫，才初步完成招聘工作。

记得我住的房间，是青年会馆二楼上最宽敞的套房，有四十多平方米，门上挂着写着我的名字的牌子。一九三八年九月二十七日，傍晚，刚用过晚餐，我正坐在长条沙发椅上休息，忽听敲门声，起身开门，来人问：你是吴奔星吗？我说：是。他自报姓名孙望，我听了连忙和他握手，并请他座谈。两人正谈得兴致淋漓之时，会馆茶房（服务员）引进四位客人，说他们刚下火车，是从武汉来的。我定睛一看，面熟得很，头一位是郭沫若，第二位是沈钧儒老先生，还有两位不熟悉。我连忙向郭沫若致意，当时没有称他郭老，只是说郭先生是我们的前辈。郭则回答：别客气，我看见你的姓名，知道我们是同行，你一个人，我们四个人，要打扰你了。我说：前辈来到，当然让位。我当即把孙望介绍给他，说孙先生也是写诗的。孙望比我灵活，立即掏出小记事本，请郭老签名留念。郭老签名后，我就搬到旁边的单人房间，与孙望一同上街，找了一个照相馆合影留念，还到一个小吃店坐了个把小时。我对孙望说：我明后天就离开长沙了，你在长沙，可以和郭老谈诗，请他写几句关于诗歌的话。他回答：我们想到一块儿去了，我明天还去看他。次日晚，孙望就去取了我和他的合影，我在照片上题写了“长芒和止薑缔交之影”。我知道孙望号自强，故意写成“止薑”，意味着抗战必须胜利，制止边疆被侵略，维护祖国版图的完整与统一。自强的笔名，真体现了自强不息！至于“长芒”，是我的号，孙望表示，“长芒”也显示驱散外来黑暗，光照祖国河山。临别时，孙望告诉我，他在资源委员会工作，父母都在贵阳，不久要到广西都匀去。

我回到浏阳后，准备在铁路沿线演出街头剧，或自编短篇抗战歌谣，以提高铁路员工爱国保家的民族意识。但是全队二十来人，不能轮流在车站“打游击”，必须有一个集中培训队员的场所。正好江西萍乡的安源煤矿，办过矿路大学，当时改为矿路中小学，缺少校长、教员。因这所学校由浙赣铁路局负责，我带一批队员去，正好可以开办这个学校。安源曾有光辉的历史，毛泽东、刘少奇都曾到过安源煤矿。我们去后，与安源矿务局长王野白联系，又请安源煤矿工会的几个负责人参加学校，招待他们的便饭。从此，学校正常开课，每逢星期天，还组织去萍乡县街头做抗日宣传的歌舞演出。几个月里，巡回教育扩大到沿线的金华、上饶、杭州等地，群众反应良好。但好景不长，到一九三九年三月十二日孙中山逝世纪念日，学校周围一片骚乱，墙头屋角贴满标语，写着什么“打倒共产党派来的校长”、“立即解散学校”云云。我们向王野白汇报，他知道这是安源黄色工会在几个国民党党棍的授意下，搞的反动把戏。他的两个侄女也在学校当老师，请他立即派武装路警保护我和外来教师的安全。我的亲戚也打来电话，要我不必害怕，说路警已经持枪护校。我表示，安源情况复杂，留下一个教导主任，我和其他几位老师由路警持枪护送至萍乡火车站，乘车回到浙赣铁路理事会所在地上饶县。

不久，杭州沦陷，我乘汽车到衡阳，准备去桂林，正好碰到衡阳诗人吕亮耕带着他的母亲和两个孩子要去桂林，便结伴同行。因为衡阳天天警报，日机轰炸扫射，他的母亲精神失常，听见汽车的声音就大喊大叫，说日本鬼子来了。

到了桂林之后，广西省教育厅的科长张尔宣留我在桂林教书。他告诉我，丰子恺、叶圣陶等都在李宗仁先生的家乡两江师范教过一段时期的书，当时两江师范的校长是唐现之，身体瘦弱，人们戏称他是“中国甘地”，对入境人才，实行“留宾”政策。广西名人梁漱溟先生也在桂林。桂林有广西教育研究所，附设于桂林师范学院，也约我当研究员。当时，我对他说先去一趟贵阳，找一位朋友。张尔宣科长说，桂林也有诗人认识你，名字叫艾青，他和戴望舒在桂林编诗刊《顶点》。我听了非常高兴，第二天早起，便约了吕亮耕同去南方日报（广西日报）社看望艾青。艾青见到我，满脸微笑，说望舒已去香港，《顶点》只办了一期。他还谈到我办《小雅》，也主张诗的散文美。我们聊得很高兴，好像有说不完的话，最后，他找了个广东餐馆，边吃点心，边谈诗艺。他说：“你们来得正好，要晚几天来，我便去湖南衡山乡村师范教书去了。”由于日军轰炸，学校已迁往比较偏远的新宁，离武冈很近。我去贵阳后，艾青的确到新宁教了几个月书，他在那里整理了《北方》等诗集，后来又去了重庆。艾青走后，该校又聘请我担任国文教员，由于该校国民党的管理作风引人反感，我也只教了几个月，仍然回到桂林当广西教育研究所研究员，和梁漱溟先生共事。

这些话是插话，言归正传。我和吕亮耕一家离开桂林后，先到柳州，经过金城江，北上都匀，和孙望重逢。他在资源委员会一个锑矿运输站当负责人，他见了我们，立即把他父母在贵阳的住址写给我们。我们便乘车直奔贵阳。吕亮耕的母亲带孩子直接投身孙望的父母家，他家虽然并不宽阔，仍然热情招待。我则由孙望父亲孙逸园伯父介绍，到贵阳图云关红十字会运输队，当英国华人林可胜少将和胡威廉运输股长的中英文秘书。红十字运输站是联合国救济总署设立的交通机构，拥有大量汽车，向昆明到缅甸供应抗日物资。我的工作是中英文互译，并为林可胜少将作口译。在工作期间，孙望和汪铭竹、甘运衡、缪崇群等都到图云关叙谈，食堂免费供应午餐，因为林可胜打了电话给总务股，说是招待吴秘书的客人。不过，我觉得这个工作太单调，见不到知识界的朋友，干了几个月又回到广西桂林，担任桂林师范学院副教授兼附设广西教育研究所研究员，所长是雷沛洪，院长曾作忠的夫人是北平女师大的毕业生，与我为先后同学。教授有吴世昌、张世禄等名家。梁漱溟先生经常讲演，他曾到延安和毛泽东畅谈乡村教育的重要性。

到了一九四三年，长沙失守，桂林受到即将沦陷的威胁，我又应贵阳师范学院中文系主任谢六逸先生之邀，去讲授古典文学，附带谈谈新文学的历史。这是一九四三年的秋天，孙望已去成都金陵大学，他的父母仍在贵阳。逸园老伯见我担任贵阳师范学院教授也很高兴，他仍在资源委员会工作，平常手不释卷，他看的书是唐宋八大家之一的《柳河东文集》，他想为柳宗元做新注，表明自强研究唐代诗文是有家学渊源的。这时，我招的女队员带着她的女儿去了重庆，我孤身一人，讲授杜少陵诗。助教是北平师大历史系毕业的××女士，我忘了姓名，我当教授，她当助教，我真有些难为情。但是，她总支持我的工作，我编的讲义，由她送去油印，装订成册的有《杜少陵绝妙诗笺》，原来保存两本，现在还有一本。我在贵阳，有两位诗友，一是孙望的老朋友汪铭竹，他的夫人俞俊珠女士抗战胜利后，曾在南京太平路挂牌当律师，后来担任国民党的国大代表。铭竹在贵阳时，开了一家旧书店，名叫“白鸟书屋”，颇有日文色彩，但我从未说出我的感受。我有几部杜甫的诗集都是在他店里买的。他的夫人住在后院，从未帮过他卖过书，我只见过她一次，为人和善可亲。谈起孙望，她也说，经常看望孙望留在贵阳的父母。

还有一位诗友是甘运衡，他和夫人在贵阳住家，他的夫人长得很漂亮，我每星期六都到他家聊天。甘运衡也知道孙望，但没有交往。我去了，常常谈到深更半夜，不得不在他家过夜。贵阳的蚊虫厉害，他们夫妇有蚊帐，结果所有的蚊虫把我团团包围，视我为它们的营养品。我开玩笑说：在这里过夜，我等于给你们当蚊香，损失太大。甘运衡说道：“你当了教授，还没有老婆，为何不找抗战夫人？”他还说：“如果独山失守，你得北上重庆，我的妻妹是复旦大学高才生，比我老婆要漂亮，你如果要的话，我们就是连襟了。”我一边抓蚊子，他一边哈哈大笑。我把他的蚊帐拉开，说：“让你们也尝尝被蚊子咬的滋味。抗日是全民一致的，抗蚊也该三人齐心协力。”运衡的夫人说：“反正我们会成为亲戚，你就睡在我们的脚头好吗？”我笑嘻嘻地回答说：“我堂堂一个国立大学的教授，岂能让人践踏？”

到一九四四年，独山果然沦陷，贵阳师范学院也就拆迁，我便前往重庆。一到重庆，知道郭沫若先生在国民政府的政治部第三厅当厅长，不少著名作家任科长或专门委员，这是西安事变带来的国共两党暂时合作时期。由于当过浙赣铁路职工巡回教育队队长，我也向交通部报到，担任育才科的编审委员，还在白沙女子学院兼课，又在一所赣江中学兼教一班语文。女子学院院长是许德珩先生夫人劳君展。这时，我大学的恩师黎劭西（锦熙）先生也从内迁西北的联合大学师范学院到陪都重庆述职，还有地理学家黄国璋教授也到了重庆。他们正酝酿成立“民主科学座谈会”。劳君展和黎锦熙师要我也参加。一九四五年，毛泽东、周恩来等领导人从延安到重庆，与蒋介石谈判。这一年，毛泽东发表《沁园春·雪》，引起柳亚子先生等的争相唱和。中国文艺界响应共产党的团结抗日的主张，极一时之盛。同年九月三日，日军正式投降，民主科学座谈会改称九三学社。

日军投降后，沉默于西南的下江人民，争取复员，水陆空交通异常拥挤。我听说自强已从成都扶老携幼到了重庆，但因久失联系，并未谋面，只听说他家已从水路去南京了。

日本战败，台湾光复。国民党教育部要培训大批去台湾从事教育工作的人，便在重庆璧山建立国立社会教育学院，一九四六年从重庆迁至苏州拙政园，我被聘为教授，是恩师黎劭西先生进言的。我因为孤身一人，于一九四六年跟随交通部复员南京，并在苏州社会教育学院讲授中国文学史，每星期五去苏州，星期六讲课，星期日回南京。这时，才和孙望联系。我到他家去看望孙逸园伯父和伯母，因为南京有一张报纸叫《和平日报》，是《扫荡报》改名，孙望曾短时期为该报编过一个诗刊，曾为我发表过诗。

一九四九年国民党军政机关逃亡台湾之后，自强在南京师范学院任中文系主任。我去北京工作了三年，一九五二年调到江苏搞院系调整工作，家住苏州，一九五五年调来南师，与孙望有了较多的接触，直到我在反右派斗争中落难被贬谪徐州。八十年代初，平反后我重新回到南京师范学院。当时，中文系有几位老教授，如唐圭璋、徐复、孙望、金启华、吴调公和我，后来加上南大的程千帆，遇有相知的朋友到南京，我们便共同以小宴待客。新街口的大三元，是去得较多的一家。每次聚餐之后，唐圭璋先生和孙望、金启华、张拱贵，都要带些广东点心回家。我因家属尚在徐州，一个人先回南京，唐老、徐老和自强也把我当客人招待过，他们从没有因为我当过“右派分子”而存歧视之心。

我在南师大担任校学位委员会委员和高级职称评审成员，几年之间评审的全国各地的教授为数不少，还有河南郑州大学中文系的现代文学专业研究生来南京师范学院申请硕士学位，由我主持答辩会，孙望作为系主任，对这些工作都是支持的。孙望为人诚朴、谦虚，不愿多表现自己。他治学严谨，搞新诗，只是突出别人，不愿多选自己的作品。他的《战前中国新诗选》，得到施蛰存先生的夸奖，虽只薄薄一本，却显示了新诗发展的历史和历史变化的轨迹。老友蛰存保存了几本，曾送我一册，至今还在案头。孙望是古典文学专家，对唐代诗文尤有所嗜，对全唐诗补遗，对其父孙逸园老伯的《柳宗元文集注》，勤于思考，精益求精，但天不假年，病逝于心力衰竭，不少学术计划，尚未完成！我想到他的去世，总要叹息："人生遗憾知多少，千古文章未尽才！"

二〇〇一年七月七日

于南师大文学院

盛唐诗人的望月抒怀

我不相信古诗是现代诗的救星之类的说法，因为“现代诗”是一个混杂的概念。凡现代人写的诗，不论新旧都可称为“现代诗”。如果仅指新体诗，又未见提出“救星”说的人，举出先写旧诗而后才能写出好的新诗的具体例证。但我相信，写新诗者多读一些唐宋诗词名篇，倒是可以从中发现不少艺术匠心，是有助于新诗的写作的。与此同时，写旧诗者也该读一点“五四”以来的优秀新诗，活用一些过去的格律（如坚持平仄、对偶、唱和、压固定的韵），吸取一些新的技巧，认识新旧诗都属于中国诗史的整体流程。

本文试图浅谈几首盛唐第一流诗人望月抒怀的佳作，如果能在古人对月抒怀中，发现某些创新性艺术匠心，对写新旧诗的作者都是有启示性的。

被称为唐玄宗开元初年“吴中四士”之一的张

若虚(六六〇—七二〇)的《春江花月夜》是名驰世界文学史的千古绝唱之一。他虽然写春江明月,却也可供欣赏秋月的参考。但因篇幅较长,只抄几句,尝鼎一脔,作本文的导言看:

江天一色无纤尘,皎皎空中孤月轮。
江畔何人初见月?江月何年初照人?
人生代代无穷已,江月年年只相似。
不知江月待何人?但见长江送流水。
白云一片去悠悠,青枫浦上不胜愁。
谁家今夜扁舟子?何处相思明月楼?

诗人既以务实的联想写人情,又以务虚的想象写哲理,情理交融,虚实互补,文采生动,韵味盎然!

较短的望月诗,以张九龄(六七八—七四〇)的《自君之出矣》最有特色。他用汉乐府旧题写妇女在月下对外出的丈夫抒发浓重的相思:

自君之出矣,不复理残机。
思君如满月,夜夜减清辉!

头两句写实:女方独守闺中,无心再织未织完的布。三四句以务虚的想象,打一个创新的比方,说自己壮实的身体，有如一团明月，一天瘦似一天。这真是前所未见的好比喻。西方美学家曾说：第一个用花比美女的是天才；如果有人再以花比美女，那就是傻子。张九龄的相思比喻，比以花比美女更好。因为他写出了妇女因相思而瘦损的痛苦过程，没留下别人重爱她的余地。顺便说句笑话，今之妇女要减肥，不必服伪劣的减肥药，只要当丈夫因公外出一年半载，对月相思，尝尝“夜夜减清辉”的滋味，就可成为坚贞的窈窕淑女了。不过，这毕竟是对人品的考验，不易做到的，还是付之一笑吧。

张九龄还有一首《望月怀远》的名篇：

海上生明月，天涯共此时。
情人怨遥夜，竟夕起相思。
灭烛怜光满，披衣觉露滋。
不堪盈手赠，还寝梦佳期。

这首诗充满“行动感”：当明月照着的“此时”，在家的情人思念天涯的游子，勾勒出一个“怨遥夜”的“情人”的栩栩如生的典型形象。她见到明月从海上升起，就想到在天涯的爱人也会同时望月想念自己。她在室内望月，觉得月光充满一房，便吹熄照明的蜡烛，走向室外望月，又觉露水太多，便披上一件衣；她觉得月色虽好，却不能捧起来送向天涯的爱人，不如回房间睡觉，做一个双方会见的好梦。像这样写出月下竟夕相思的完整过程，在唐诗中，也是少见的，笔端充满感情，细致、生动，尤有特色。

被称为浪漫主义诗仙的李白，也写望月怀远的诗，但他所怀念的多是乡情、友情等等，他的名篇《闻王昌龄左迁龙标遥有此寄》一诗，就是抒发友情的：

杨花落尽子规啼，闻道龙标过五溪。

我寄愁心与明月，随君直到夜郎西。

诗句朴实如口语，“行动感”显示形象性。结尾二句，是对王昌龄最友好的慰问。龙标，在今湖南黔阳，贵州夜郎古国之东，是唐玄宗时代最遥远的蛮荒之地。李白闻王昌龄贬居那里，要通书信势必年长月久，所以用了浪漫主义的飞翔诗句，请明月把他那为诗友担忧的“愁心”送到夜郎古国附近的龙标。此诗头两句用务实联想，表明听到诗友左迁是暮春时节，三四句用务虚想象，从联想到想象便是这首诗的艺术构思的具体过程，表明他最崇高而又最真挚的友情，洋溢着与日月争辉的美感！

最后，再看一首被人称为现实主义诗圣杜甫的《月夜》：

今夜鄜州月，闺中只独看。
遥怜小儿女，未解忆长安。
香雾云鬟湿，清辉玉臂寒。
何时倚虚幌，双照泪痕干？

这首诗用的是推己及人或反客为主的艺术手法。先略谈历史背景：唐玄宗天宝十五载（公元七五六年）六月，安史之乱，玄宗入蜀，七月唐肃宗即位灵武（在今宁夏）。杜甫安家鄜州羌村（今陕西富县），独自奔向灵武，途中，被叛军俘虏到长安。诗当作于同年八月，近似今天所说的中秋节，月到中秋分外明的时候。

诗的头两句，正当“海上生明月，天涯共此时”，陷落长安的杜甫联想到鄜州的妻子“闺中只独看”，不能像往年那样共看一个月亮。沉重的心情，必然会挤出滚滚的热泪。这使读者想到，陷落长安的杜甫，比鄜州的妻子更难过。但是，杜甫不先写自己而先写妻子，便是推己及人。把作为抒情主体的自己，让位于客体的妻子，双方同时望月，却一样难过。这就表明务虚的想象融入务实的联想，更显示感情的真实性。

诗的三四句“遥怜小儿女，未解忆长安”更以务实的联想烘托务虚的想象。一群可怜又可爱的小儿女，他们并不理解做妈妈的如何在思念长安的爸爸。这样用联想陪衬想象，便使妻子对自己的相思深入了一层。

诗的前四句，本是诗人自己思念家中的妻子儿女，却巧妙地把主体转让给被自己思念的妻子。这就是前所未有的创新的抒情手法，是当前某些呼喊超唐越宋的传统诗词作者所未曾超越的。

诗的后四句是第二段：第五、六两句，是凭务虚的想象，写没有小儿女在一旁的妻子在室外独看明月，思念自己，为时过久，雾露染湿了头发，月亮照着白玉般的臂膀，也感觉寒冷了，这是写妻子正在少壮之年，对月相思是很自然的，真可谓恩爱夫妻。

诗的最后两句写杜甫对和平生活的渴望与期待，希望官军迅速消灭叛乱，让自己和妻子倚着门帘，以“双照”的喜悦结束“独看”的悲哀。

《月夜》是一首五律，但平仄对仗并不严格，任凭感情的自然流露，这首诗不仅是杜甫抒情技巧的压卷之作，也可以说是历代爱情抒情诗的压卷之作，诗的创新手法具有纪念碑式的意义，值得新旧体诗的诗人们反复玩味。

（原载《文艺报》二〇〇一年九月十一日）

怀念任访秋学长

访秋先生是我在上个世纪三十年代初期考入北平师范大学文学院文学系的同学，他比我高一级，我一向称之为学长。我们的几位恩师，如文学院院长黎锦熙先生、中文系主任钱玄同先生、古典文学专家高阆仙先生等，都是海内外知名的学术大师。黎锦熙先生是语言文法学部聘教授；钱玄同先生是章太炎先生的弟子，名驰遐迩的音韵学大师；高阆仙（高步瀛）先生是桐城派古文的后起之秀，黎锦熙先生称之为“四脚书橱”，记忆力强，有如《辞源》、《辞海》。我与访秋学长师从这些学术大师，深感幸运。

访秋兄成就高于我，师从高阆仙师，取得了近代文学的独得之秘。他每天写日记，终生一贯，从未停顿，除“反右”与“文革”外，他的日记真可谓心路历程，不仅是他个人的家史，也显示历史时代的

吴奔星(左)与任访秋二十世纪八〇年代合影

变迁。

新中国成立后,我与访秋兄接触较多。我和他在“文革”后带研究生,是全国第一批,我们相互支持,研究生毕业答辩,总是信息互通。特别是在鲁迅诞辰一百周年前后,多次在大连、天津开会时和他相遇,有时深夜就寝,还见他不忘写日记,字体密密麻麻,但又整整齐齐。他说,鲁迅日记以简略见长,是因为他“惯于长夜过春时”,不便多写,我们今天环境不同,可以发展鲁迅的日记体风格。我听了非常赞同他的观点,我也写日记,但不如他坚持不断地写,他写得比我完整。我想向他学习,迄未成功。当他逝世一周年之际,回忆往事,也很惭愧。这也是访秋学长的音容宛在,典范长存,有生之年,都是向他学习之日。

二〇〇一年六月七日

(原载《任访秋先生纪念集》,河南大学出版社,二〇〇四年)

二〇〇二年

白石老人画赠《五虾图》

一九五〇年余在首都。北京市人民政府民政局邀请寓京湘籍人士成立“湖南会馆财产管理委员会”，以黎劭西（锦熙）师任主委，白石老人与余等共九人任委员。劭西师因主持北京师大行政工作，嘱余代行主委之职，并举家迁居北平宣外烂缦胡同四十一号湖南会馆办公。每至春秋佳日，劭西师偕同贺澹江同志（北师大同门均以“贺先生”呼之），邀请白石老人小酌于西单牌楼之曲园酒家，品尝家乡风味。余亦奉陪末座。白石老人因年高九旬，多由中央美术学院院长徐悲鸿代为物色的张女士搀扶登上二楼。因白石老人系美术学院教授，悲鸿先生对画坛泰斗可谓照顾备至。白石老人须眉头发俱白，昂首上座，诚如寿星。只因听觉失灵，多由贺先生为之复述，老人辄频频颔首，笑容可掬。其时，曲园酒家经理为杨龙同志，亦湘潭人。老人每至酒家，他便搬出文房四宝，恭请老人当众挥毫。因此，餐厅四壁，俱悬老人大小画幅，从萝卜、白菜、葡萄、瓜果到小鸡、小鸭、小虾……田园风物，琳琅满目，几乎应有尽有。为此顾客盈门，既饱口福，又饱眼福。

余于书画，尚处门外，却爱看老人作画，心灵手巧，往往泼墨而成，令人惊叹，便以赠我条幅以留念相请。老人即席画五虾相赠，并谓生平多画三虾，因我好食对虾，遂以《五虾图》相赠。当时西单菜场两只对虾仅售壹角。老人似有预见，三十余年后，对虾身价看涨，且已罕见其形象，面对老人所赠，亦收望梅止渴、见虾止馋之效，老人之音容笑貌，亦时隐约于画幅。岁月如流，老人谢世已逾四十年，余亦垂垂老矣。特题二绝，以抒所怀。

白石老人赠五虾

白石老人画五虾，只只掀起水中花。

汝曹不必嗟流浪，尺幅天涯都是家！

五虾神态更无求，嬉戏清流得自由。

身段透明生气旺，曲身随己各千秋！

（原载《新世纪文化酒文萃（一）·酒人妙语》，新华出版社，二○○二年）

后　记

吴奔星（一九一三年六月—二〇〇四年四月），湖南安化县人。诗人、学者、教育家。北平师范大学国文系毕业。历任国立社会教育学院、武汉大学、苏南文教学院、江苏师范学院、徐州师范大学、南京师范大学中文系教授。一九三六年六月，与诗人李章伯创办北平小雅诗社并出版《小雅》诗刊，与戴望舒在上海主编的《新诗》、路易士（纪弦）在苏州主编的《菜花》（后改名为《诗志》），相互交换稿件和广告，共同鼓吹新诗现代化，为二十世纪三十年代现代派诗歌的代表诗人。一九四九年后，主要从事高等教育和文学评论工作，为中国现代文学学科创建人之一。

《待漏轩文存》选辑了先父吴奔星一九八〇年到二〇〇二年所写作的散文作品四十余篇。这些散文，写于父亲的晚年，以回忆、怀念性居多，既有对师友的记忆，如对中、小学时代的老师，对胡适、黎锦熙等大学时代老师，对齐白石、刘延陵、谢六逸、叶圣陶、冯至、田间、王瑶、公木、唐弢、唐圭璋、徐迟、卞之琳、梁之盘等文坛前辈或同辈的记忆；也有对亲朋的怀念，如对早逝的母亲及夫人李兴华，对老友李章伯、臧克家、汝龙、曾卓、纪弦、孙望的怀念。和笔下激扬澎湃的诗句不同，父亲散文的情绪是有所敛抑的，好像说故事、聊家常一般，以平实的文字娓娓道来。然而，通读这些平实的文字之后，颇能感到敛抑的情绪之下仿佛有火山熔岩在汩汩涌动；亲情之深、友情之真、细节之美，成为父亲散文打动人心的巨大力量。

除了怀人的篇章，父亲的散文还对他亲历的中国现代文坛的一些重大事件做了记录，如《〈小雅〉诗刊漫忆》和《烂缦胡同之恋》两篇文章，不但还原了二十世纪三十年代中期中国现代派诗坛重要诗刊《小雅》的来龙去脉，揭示了湖南会馆在《小雅》诗刊创办中所起的作用，而且通过获赠《小雅》诗刊合订本的回忆重现了和诗人李白凤、陈迩冬之间的友谊，前者自二十世纪八十年代初发表后，就一直是研究中国现代诗歌史料的重要参考资料，为数十部专著和不计其数的论文引用。父亲的散文里，这类兼具文学性、史料性的文字不在少数。当然，还有诸如《彭城何处霸王宫》、《江南可采莲》、《盛唐诗人的望月抒怀》等谈文论史的散文，话题虽并不新鲜，但从父亲的笔下总能够写出新意来，反映了学者和诗人的扎实学养和深厚功力。比如，我记得前南京师范大学党委书记杨巩先生在读了先父的《盛唐诗人的望月抒怀》一文后，写诗赞曰："啧啧吴奔老，文思仍少年。解诗穷胜境，析理拨迷烟。入意三分木，豁焉别有天。一轮中夜月，千载共悲欢。"

需要在这里说明的是：一、二十世纪八十年代初，因政治运动被迫搁笔近三十年的父亲冤案改正，返回南京后住匡庐路，虽然住房逼仄，但获得了写作自由，他把自己集书房、客厅、卧室于一身的十五平方米房间命名为"待漏轩"，寓意是要与时间赛跑，且写作时偶尔也在文后署"待漏轩"。这里所选取的散文，多半作于"待漏轩"，为作纪念，把此集定名《待漏轩文存》。二、《待漏轩文存》中所录文字以写作年代排序（写作时间不明的以发表时间为序）。三、凡发表过的文章均在文尾注明出处。四、部分文字发表后先父有所修改，收入此书按照修改处做了校订。五、回忆录难免有失忆之处，对于这部分问题采取不改动原稿、在失忆之处加注释的方式。六、我选取了父亲珍藏的部分老照片和信札，插入相关文章内，图文并茂倒是次要，主要是增加了此书的史料价值，因为不少珍贵的照片和信札，都是首次发表。

今年是先父吴奔星逝世十周年纪念，宁文兄督促我编成此书，并多方努力使其能够付梓，要特别感谢。内子浦雷做好贤内助之余，也为此书做了不少录入、校对工作，对于篇目选择，也提出了建设性意见，同样需要感谢。

吴心海

二〇一四年一月十二日记于南京

开·卷·书·坊（第一辑）

开卷闲话六编·（子聪）
我的歌台文坛·（宋词）
纸醉书迷·（张国功）
书林物语·（沈津）
条畅小集·（严晓星）
书虫日记二集·（彭国梁）
劫后书忆·（躲斋）
寻我旧梦·（鲲西）

开·卷·书·坊（第二辑）

开卷闲话七编·（子聪）
旧书的底蕴·（韦泱）
听雪集·（许宏泉）
榗柿楼杂稿·（扬之水）
笔记·（沈胜衣）
邃谷序评·（来新夏）
我来晴好·（范笑我）
难忘王府井·（姜德明）
读书抽茧录·（桑农）
旧书陈香·（徐雁）
书虫日记三集·（彭国梁）
书虫日记四集·（彭国梁）

开·卷·书·坊（第三辑）

一些书　一些人·（子张）

开卷闲话八编·（子聪）

书缘深深深几许·（毛乐耕）

西窗看花漫笔·（李文俊）

我之所思·（刘绪源）

自画像·（陈子善）

待漏轩文存·（吴奔星）

文人·（周立民）

左右左·（钟叔河）

温暖的书缘·（徐鲁）

上架建议：社科　读书

ISBN 978-7-5326-4197-0

9 787532 641970 >

定价：38.00 元

www.cishu.com.cn

易文网：www.ewen.cc